Robert Louis Stevenson

Strange Case of Dr. Jekyll and Mr. Hyde
Der seltsame Fall des Dr. Jekyll und Mr. Hyde

Robert Louis Stevenson

Strange Case of Dr. Jekyll and Mr. Hyde
Der seltsame Fall des Dr. Jekyll und Mr. Hyde

Zweisprachige Ausgabe

Aus dem Englischen
von Meike Breitkreutz

Anaconda

Strange Case of Dr. Jekyll and Mr. Hyde erschien zuerst im Januar 1886 bei Longmans, Green and Co. in London. Der englische Text dieser Ausgabe folgt der Edition in der Reihe *Norton Critical Editions*, New York 2003. Dem deutschen Text liegt eine anonyme Übertragung aus dem Jahr 1925 zugrunde. Sie wurde vollständig neu überarbeitet.

Die Deutsche Nationalbibliothek verzeichnet diese Publikation in der Deutschen Nationalbibliografie; detaillierte bibliografische Daten sind im Internet unter http://dnb.d-nb.de abrufbar.

© 2017 Anaconda Verlag GmbH, Köln
Alle Rechte vorbehalten.
Lektorat: Daniela Unger, Frankfurt/M.
Umschlagmotiv: Shutterstock und Archiv des Verlags
Umschlaggestaltung: www.katjaholst.de
Satz und Layout: InterMedia – Lemke e. K., Ratingen
Printed in Czech Republic 2017
ISBN 978-3-7306-0548-6
www.anacondaverlag.de
info@anacondaverlag.de

Contents / Inhalt

Story of the door 6
Die Geschichte der Tür 7

Search for Mr. Hyde 26
Auf der Suche nach Mr. Hyde 27

Dr. Jekyll was quite at ease 52
Dr. Jekyll war ganz unbesorgt 53

The Carew murder case 60
Der Mordfall Carew 61

Incident of the letter 74
Die Sache mit dem Brief 75

Remarkable incident of Dr. Lanyon 90
Dr. Lanyons merkwürdiges Erlebnis 91

Incident at the window 102
Der Zwischenfall am Fenster 103

The last night 108
Die letzte Nacht 109

Dr. Lanyon's narrative 144
Dr. Lanyons Bericht 145

Henry Jekyll's full statement of the case 168
Henry Jekylls vollständiger Fallbericht 169

STORY OF THE DOOR.

Mr. Utterson the lawyer was a man of a rugged countenance, that was never lighted by a smile; cold, scanty and embarrassed in discourse; backward in sentiment; lean, long, dusty, dreary and yet somehow lovable. At friendly meetings, and when the wine was to his taste, something eminently human beaconed from his eye; something indeed which never found its way into his talk, but which spoke not only in these silent symbols of the after-dinner face, but more often and loudly in the acts of his life. He was austere with himself; drank gin when he was alone, to mortify a taste for vintages; and though he enjoyed the theatre, had not crossed the doors of one for twenty years. But he had an approved tolerance for others; sometimes wondering, almost with envy, at the high pressure of spirits involved in their misdeeds; and in any extremity inclined to help rather than to reprove. "I incline to Cain's heresy," he used to say quaintly: "I let my brother go to the devil in his own way." In this character, it was frequently his fortune to be the last reputable acquaintance and the last good influence in the lives of down-going men. And to such as these, so long as they came about his chambers, he never marked a shade of change in his demeanour.

Die Geschichte der Tür

Mr. Utterson, der Anwalt, war ein Mann mit einem zerfurchten Gesicht, das nie von einem Lächeln erhellt wurde, kühl, wortkarg und verlegen im Gespräch, schwerfällig in seinen Gefühlen, hager, lang, antiquiert, langweilig und doch in gewisser Weise liebenswert. Bei freundschaftlichen Zusammenkünften und wenn der Wein nach seinem Geschmack war, blitzte etwas ausgesprochen Menschliches in seinen Augen auf – etwas, das zwar nie in seinen Worten zum Ausdruck kam, sich aber nicht nur in diesem stummen Mienenspiel nach dem Essen zeigte, sondern häufiger und vernehmlicher in seinem Lebenswandel. Er war streng gegen sich selbst, trank, wenn er allein war, Gin, um seine Vorliebe für erlesene Weine zu bekämpfen, und obwohl er das Theater liebte, hatte er seit zwanzig Jahren keines betreten. Anderen gegenüber zeigte er jedoch erwiesenermaßen Nachsicht, manchmal beinahe neidvoll über den Mut und die Energie staunend, mit der sie ihre Missetaten begingen, und in jeder Notlage eher bereit, ihnen zu helfen, als sie zu missbilligen. »Ich neige zu Kains Ketzerei«, pflegte er gelegentlich scherzhaft zu sagen: »Ich lasse meinen Bruder auf seine Weise zum Teufel gehen.« Bei einem solchen Charakter war es häufig sein Schicksal, der letzte ehrbare Bekannte und der letzte gute Einfluss im Leben von Menschen zu sein, mit denen es bergab ging. Und solange sie in seiner Kanzlei verkehrten, ließ er ihnen gegenüber nie den Schatten einer Veränderung in seinem Verhalten erkennen.

No doubt the feat was easy to Mr. Utterson; for he was undemonstrative at the best, and even his friendships seemed to be founded in a similar catholicity of good-nature. It is the mark of a modest man to accept his friendly circle ready-made from the hands of opportunity; and that was the lawyer's way. His friends were those of his own blood or those whom he had known the longest; his affections, like ivy, were the growth of time, they implied no aptness in the object. Hence, no doubt, the bond that united him to Mr. Richard Enfield, his distant kinsman, the well-known man about town. It was a nut to crack for many, what these two could see in each other or what subject they could find in common. It was reported by those who encountered them in their Sunday walks, that they said nothing, looked singularly dull, and would hail with obvious relief the appearance of a friend. For all that, the two men put the greatest store by these excursions, counted them the chief jewel of each week, and not only set aside occasions of pleasure, but even resisted the calls of business, that they might enjoy them uninterrupted.

It chanced on one of these rambles that their way led them down a by-street in a busy quarter of London. The street was small and what is called quiet, but it drove a thriving trade on the weekdays. The inhabitants were all doing well, it

Zweifellos kostete dies Mr. Utterson keine große Überwindung, denn er war auch im günstigsten Fall zurückhaltend, und sogar seine Freundschaften schienen auf einer ähnlichen, allumfassenden Gutmütigkeit zu beruhen. Es ist das Kennzeichen eines bescheidenen Menschen, dass er das Entstehen seines Freundeskreises der Gelegenheit überlässt; und so hielt es auch der Anwalt. Seine Freunde waren entweder Blutsverwandte oder Menschen, die er sein Leben lang gekannt hatte; seine Zuneigung wuchs wie Efeu mit der Zeit, sie war von der Eignung ihres Gegenstandes nicht abhängig. So war zweifellos auch die Freundschaft zu erklären, die ihn mit Mr. Richard Enfield verband, einem entfernten Verwandten und stadtbekannten Lebemann. Es war für viele eine harte Nuss, herauszubekommen, was diese beiden aneinander finden oder welche gemeinsamen Interessen sie haben könnten. Jene, die ihnen auf ihren Sonntagsspaziergängen begegneten, berichteten, dass sie nicht sprächen, außerordentlich gelangweilt aussahen und mit sichtlicher Erleichterung das Auftauchen eines Freundes begrüßten. Trotz alledem legten die beiden Herren den größten Wert auf diese Spaziergänge, betrachteten sie als Krönung jeder Woche und verzichteten nicht nur auf gesellige Vergnügungen, sondern stellten sogar geschäftliche Verpflichtungen hintan, um sie ungestört genießen zu können.

Auf einem dieser Streifzüge geschah es, dass ihr Weg sie durch eine Nebenstraße in einem belebten Viertel Londons führte. Die Straße war schmal und man würde sie ruhig nennen, aber an den Wochentagen herrschte hier ein lebhaftes Treiben. Die Anwohner waren dem An-

seemed, and all emulously hoping to do better still, and laying out the surplus of their gains in coquetry; so that the shop fronts stood along that thoroughfare with an air of invitation, like rows of smiling saleswomen. Even on Sunday, when it veiled its more florid charms and lay comparatively empty of passage, the street shone out in contrast to its dingy neighbourhood, like a fire in a forest; and with its freshly painted shutters, well-polished brasses, and general cleanliness and gaiety of note, instantly caught and pleased the eye of the passenger.

Two doors from one corner, on the left hand going east, the line was broken by the entry of a court; and just at that point, a certain sinister block of building thrust forward its gable on the street. It was two storeys high; showed no window, nothing but a door on the lower storey and a blind forehead of discoloured wall on the upper; and bore in every feature, the marks of prolonged and sordid negligence. The door, which was equipped with neither bell nor knocker, was blistered and distained. Tramps slouched into the recess and struck matches on the panels; children kept shop upon the steps; the schoolboy had tried his knife on the mouldings; and for close on a generation, no one had appeared to drive away these random visitors or to repair their ravages.

schein nach alle wohlhabend und hofften voller Ehrgeiz, noch vermögender zu werden; sie investierten den Überschuss ihrer Gewinne in die werbewirksame Ausschmückung ihrer Geschäfte, sodass die Schaufenster in dieser Durchgangsstraße etwas Einladendes hatten, wie eine Reihe lächelnder Verkäuferinnen. Sogar sonntags, wenn die Straße ihren reichen Charme verhüllte und vergleichsweise menschenleer dalag, leuchtete sie aus ihrer schäbigen Nachbarschaft hervor wie ein Feuer in einem Wald; und mit ihren frisch gestrichenen Fensterläden, blank geputzten Messingbeschlägen und ihrer allgemeinen Sauberkeit und Heiterkeit zog sie die Blicke und das Wohlgefallen des Passanten sofort auf sich.

Zwei Häuser nach einer Straßenecke, linker Hand in östlicher Richtung, wurde die Reihe durch einen Hofeingang unterbrochen, und genau an dieser Stelle drängte ein düster aussehendes Gebäude seinen Giebel auf die Straße. Es war zwei Stockwerke hoch, hatte kein einziges Fenster, sondern weiter nichts als eine Tür im Erdgeschoss und die blinde Stirn einer ausgebleichten Wand im oberen Stock, und trug in jedem Detail die Merkmale jahrelanger, schmählicher Vernachlässigung. Die Tür, die weder eine Glocke noch einen Klopfer hatte, war rissig und verblasst. Stadtstreicher schlurften in diesen Winkel hinein und strichen am Türstock ihre Zündhölzer an, Kinder spielten auf den Treppenstufen Kaufladen, ein Schuljunge hatte an den Zierleisten sein Messer ausprobiert, und seit nahezu einem Menschenalter war niemand erschienen, um diese gelegentlichen Besucher fortzujagen oder ihre Zerstörungen auszubessern.

Mr. Enfield and the lawyer were on the other side of the by-street; but when they came abreast of the entry, the former lifted up his cane and pointed.

"Did you ever remark that door?" he asked; and when his companion had replied in the affirmative, "It is connected in my mind," added he, "with a very odd story."

"Indeed?" said Mr. Utterson, with a slight change of voice, "and what was that?"

"Well, it was this way," returned Mr. Enfield: "I was coming home from some place at the end of the world, about three o'clock of a black winter morning, and my way lay through a part of town where there was literally nothing to be seen but lamps. Street after street, and all the folks asleep—street after street, all lighted up as if for a procession and all as empty as a church—till at last I got into that state of mind when a man listens and listens and begins to long for the sight of a policeman. All at once, I saw two figures: one a little man who was stumping along eastward at a good walk, and the other a girl of maybe eight or ten who was running as hard as she was able down a cross street. Well, sir, the two ran into one another naturally enough at the corner; and then came the horrible part of the thing; for the man trampled calmly over the child's body and left her screaming on the ground. It sounds nothing to hear, but it was hellish to see. It wasn't like a man; it was like some damned Juggernaut. I gave a view

Mr. Enfield und der Anwalt gingen auf der anderen Seite der Straße, aber als sie auf der Höhe des Eingangs waren, hob Ersterer seinen Stock und zeigte hinüber.

»Hast du jemals diese Tür bemerkt?«, fragte er und fuhr, nachdem sein Begleiter dies bejaht hatte, fort: »Sie ist in meiner Erinnerung mit einer sehr sonderbaren Geschichte verknüpft.«

»Tatsächlich?«, sagte Mr. Utterson mit einer kleinen Veränderung in der Stimme. »Und was war das?«

»Nun, es war folgendermaßen«, entgegnete Mr. Enfield. »Ich war auf dem Heimweg von irgendeinem Ort am Ende der Welt, so gegen drei Uhr an einem schwarzen Wintermorgen, und mein Weg führte durch ein Viertel, wo buchstäblich nichts zu sehen war außer den Laternen. Straße auf Straße, und alle Leute schliefen – Straße auf Straße, alle hell erleuchtet wie für eine Prozession und alle so leer wie eine Kirche –, bis ich zuletzt in jene Stimmung geriet, in der man horcht und horcht und sich nach dem Anblick eines Schutzmanns zu sehnen beginnt. Plötzlich sah ich zwei Gestalten: Die eine war ein kleiner Mann, der schnellen Schrittes ostwärts stampfte, die andere ein Mädchen von vielleicht acht oder zehn Jahren, das so schnell es konnte eine Querstraße hinunterrannte. Nun, die beiden prallten zwangsläufig an der Ecke aufeinander, dann aber kam der schreckliche Teil der Geschichte: Der Mann trampelte ruhig über den Körper des Kindes hinweg und ließ es schreiend am Boden liegen. Wenn man es so hört, klingt es nach nichts, aber es war höllisch anzusehen. Das war kein Mensch, sondern irgendeine verteufelte Dampfwalze. Ich stieß einen Jagdschrei

halloa, took to my heels, collared my gentleman, and brought him back to where there was already quite a group about the screaming child. He was perfectly cool and made no resistance, but gave me one look, so ugly that it brought out the sweat on me like running. The people who had turned out were the girl's own family; and pretty soon, the doctor, for whom she had been sent, put in his appearance. Well, the child was not much the worse, more frightened, according to the Sawbones; and there you might have supposed would be an end to it. But there was one curious circumstance. I had taken a loathing to my gentleman at first sight. So had the child's family, which was only natural. But the doctor's case was what struck me. He was the usual cut and dry apothecary, of no particular age and colour, with a strong Edinburgh accent, and about as emotional as a bagpipe. Well, sir, he was like the rest of us; every time he looked at my prisoner, I saw that Sawbones turn sick and white with the desire to kill him. I knew what was in his mind, just as he knew what was in mine; and killing being out of the question, we did the next best. We told the man we could and would make such a scandal out of this, as should make his name stink from one end of London to the other. If he had any friends or any credit, we undertook that he should lose them. And all the time, as we were pitching it in red hot, we were keeping the women off him

aus, nahm die Beine in die Hand, packte den feinen Herrn am Kragen und schleppte ihn zu der Stelle zurück, wo sich bereits eine ganze Gruppe um das schreiende Mädchen versammelt hatte. Er war vollkommen ruhig und leistete keinen Widerstand, aber er warf mir einen einzigen Blick zu, so grässlich, dass mir der Schweiß ausbrach. Die Leute, die herbeigelaufen waren, waren die Angehörigen des Mädchens, und sehr bald erschien auch der Doktor, den zu holen es geschickt worden war. Nun, dem Kind war nicht viel geschehen, es war mehr der Schreck, wie der Knochensäger sagte, und damit hätte man annehmen können, die Geschichte wäre zu Ende. Aber es gab einen merkwürdigen Umstand dabei. Ich hatte auf den ersten Blick einen starken Abscheu gegen diesen feinen Herrn gefasst. Der Familie des Kindes ging es ebenso, was ja ganz natürlich war. Aber was mich stutzen ließ, war das Benehmen des Doktors. Er war der typische Quacksalber, von unbestimmbarem Alter und farblos, mit starkem Edinburgher Akzent und ungefähr so gefühlvoll wie ein Dudelsack. Nun, ihm ging es genau wie uns anderen: Jedes Mal, wenn der Knochensäger meinen Gefangenen ansah, bemerkte ich, dass er ganz krank und kreideweiß wurde vor Lust, ihn totzuschlagen. Ich wusste, was in seinem Kopf vorging, genau wie er wusste, was ich dachte, und da Totschlagen nicht in Frage kam, taten wir das Nächstbeste. Wir sagten dem Mann, wir könnten und würden aus dieser Geschichte einen solchen Skandal machen, dass sein Name von einem Ende Londons zum anderen stinken würde. Falls er Freunde hätte oder ein gewisses Ansehen genösse, würden wir dafür sor-

as best we could, for they were as wild as harpies. I never saw a circle of such hateful faces; and there was the man in the middle, with a kind of black, sneering coolness—frightened too, I could see that—but carrying it off, sir, really like Satan. 'If you choose to make capital out of this accident,' said he, 'I am naturally helpless. No gentleman but wishes to avoid a scene,' says he. 'Name your figure.' Well, we screwed him up to a hundred pounds for the child's family; he would have clearly liked to stick out; but there was something about the lot of us that meant mischief, and at last he struck. The next thing was to get the money; and where do you think he carried us but to that place with the door?—whipped out a key, went in, and presently came back with the matter of ten pounds in gold and a cheque for the balance on Coutts's, drawn payable to bearer and signed with a name that I can't mention, though it's one of the points of my story, but it was a name at least very well known and often printed. The figure was stiff; but the signature was good for more than that, if it was only genuine. I took the liberty of pointing out to my gentleman that the whole business looked apocryphal, and that a man does not, in real life, walk into a cellar door at four in the morning and come out of it with another man's cheque for close upon a hundred pounds. But he was quite easy and sneering. 'Set your mind at rest,' says he, 'I will stay with you till the banks

gen, dass er beides verlöre. Und die ganze Zeit über, während wir uns hitzig in die Sache hineinsteigerten, hielten wir ihm, so gut es ging, die Frauen vom Leib, denn die waren wie wilde Furien. Nie zuvor habe ich einen Kreis von solch hasserfüllten Gesichtern gesehen, und mittendrin stand mit einer finsteren, höhnischen Gleichgültigkeit der Mann – ängstlich zwar, das sah ich ihm an –, aber ohne mit der Wimper zu zucken, wahrhaftig, Utterson, wie Satan. ›Wenn Sie aus diesem Zwischenfall Kapital schlagen wollen‹, sagte er, ›so bin ich natürlich machtlos. Kein Gentleman möchte Aufsehen erregen, wenn es sich vermeiden lässt‹, sagte er. ›Nennen Sie mir Ihre Summe.‹ Nun, wir trieben den Preis auf hundert Pfund für die Familie des Kindes hinauf. Natürlich hätte er sich gerne gesträubt, aber die Stimmung in unserer Gruppe verhieß nichts Gutes, sodass er schließlich nachgab. Als Nächstes galt es, das Geld herbeizuschaffen, und wohin, glauben Sie, führte er uns? Genau zu jener Tür dort. Er zog einen Schlüssel hervor, ging hinein und kam augenblicklich wieder heraus mit zehn Pfund in Gold und einem Scheck über den Restbetrag auf Coutts's Bank, zahlbar an den Überbringer und unterzeichnet mit einem Namen, den ich nicht nennen kann, obwohl er eine entscheidende Rolle in meiner Geschichte spielt, ein sehr bekannter Name jedenfalls, den man oft gedruckt sieht. Die Summe war beträchtlich, die Unterschrift aber für noch mehr gut, wenn sie nur echt war. Ich nahm mir die Freiheit, meinen feinen Herrn darauf hinzuweisen, dass die ganze Sache recht zweifelhaft erscheine, dass im gewöhnlichen Leben ein Mensch nicht um vier Uhr mor-

open and cash the cheque myself.' So we all set off, the doctor, and the child's father, and our friend and myself, and passed the rest of the night in my chambers; and next day, when we had breakfasted, went in a body to the bank. I gave in the cheque myself, and said I had every reason to believe it was a forgery. Not a bit of it. The cheque was genuine."

"Tut-tut," said Mr. Utterson.

"I see you feel as I do," said Mr. Enfield. "Yes, it's a bad story. For my man was a fellow that nobody could have to do with, a really damnable man; and the person that drew the cheque is the very pink of the proprieties, celebrated too, and (what makes it worse) one of your fellows who do what they call good. Black mail, I suppose; an honest man paying through the nose for some of the capers of his youth. Black Mail House is what I call that place with the door, in consequence. Though even that, you know, is far from explaining all," he added, and with the words fell into a vein of musing.

From this he was recalled by Mr. Utterson asking rather suddenly: "And you don't know if the drawer of the cheque lives there?"

gens durch eine Kellertür gehe und mit dem Scheck eines anderen Menschen über beinahe hundert Pfund wieder herauskomme. Aber er blieb ganz ruhig und grinste nur höhnisch. ›Sie können beruhigt sein‹, sagte er, ›ich werde bei Ihnen bleiben, bis die Banken öffnen, und den Scheck selbst einlösen.‹ Also gingen wir alle miteinander los, der Doktor, der Vater des Mädchens, unser Freund und ich, und verbrachten den Rest der Nacht in meiner Kanzlei, und am nächsten Morgen, nachdem wir gefrühstückt hatten, gingen wir alle zusammen zur Bank. Ich reichte den Scheck selbst ein und sagte, ich hätte allen Grund anzunehmen, dass er gefälscht wäre. Keine Spur! Der Scheck war echt.«

»Na, na!«, sagte Mr. Utterson.

»Ich sehe, du empfindest genau wie ich«, sagte Mr. Enfield. »Ja, es ist eine üble Geschichte. Denn mein Mann war ein Kerl, mit dem niemand etwas zu tun haben möchte, ein richtiger Galgenvogel, und die Person, die den Scheck ausgestellt hat, ist der Inbegriff der Wohlanständigkeit, berühmt und (was es noch schlimmer macht) einer von deinen Leuten, die sich als Wohltäter bezeichnen. Erpressung, nehme ich an: ein anständiger Mensch, der für irgendwelche Jugendtorheiten in die Tasche greifen muss. Daher nenne ich jenes Gebäude mit der Tür das ›Erpresserhaus‹. Obwohl auch das ja bei Weitem nicht alles erklärt«, setzte er hinzu und versank mit diesen Worten in tiefes Nachdenken.

Mr. Utterson riss ihn aus seinen Gedanken, indem er recht unvermittelt fragte: »Und du weißt nicht, ob der Aussteller des Schecks dort wohnt?«

"A likely place, isn't it?" returned Mr. Enfield. "But I happen to have noticed his address; he lives in some square or other."

"And you never asked about—the place with the door?" said Mr. Utterson.

"No, sir: I had a delicacy," was the reply. "I feel very strongly about putting questions; it partakes too much of the style of the day of judgment. You start a question, and it's like starting a stone. You sit quietly on the top of a hill; and away the stone goes, starting others; and presently some bland old bird (the last you would have thought of) is knocked on the head in his own back garden and the family have to change their name. No, sir, I make it a rule of mine: the more it looks like Queer Street, the less I ask."

"A very good rule, too," said the lawyer.

"But I have studied the place for myself," continued Mr. Enfield. "It seems scarcely a house. There is no other door, and nobody goes in or out of that one but, once in a great while, the gentleman of my adventure. There are three windows looking on the court on the first floor; none below; the windows are always shut but they're clean. And then there is a chimney which is generally smoking; so somebody must live there. And yet it's not so sure; for the buildings are so packed together about that court; that it's hard to say where one ends and another begins."

»Ein passender Ort, nicht wahr?«, entgegnete Enfield. »Aber zufällig kenne ich seine Adresse; er wohnt an irgendeinem Platz.«

»Und du hast dich nie erkundigt – nach dem Haus mit der Tür?«, fragte Mr. Utterson.

»Nein, Utterson, ich hatte eine gewisse Scheu davor«, lautete die Antwort. »Ich stelle überhaupt nur ungern Fragen, es erinnert zu sehr an den Tag des Jüngsten Gerichts. Man wirft eine Frage auf, und es ist, als hätte man einen Stein ins Rollen gebracht. Man sitzt ruhig oben auf einem Berg, und der Stein rollt fort, reißt andere mit; und im nächsten Augenblick wird ein gutmütiger alter Knabe (an den man am wenigsten gedacht hat) in seinem eigenen Garten am Kopf getroffen, und die Familie muss ihren Namen ändern. Nein, Utterson, ich habe es mir zur Regel gemacht: Je verdächtiger eine Sache aussieht, desto weniger frage ich.«

»Ein sehr vernünftiger Grundsatz«, sagte der Rechtsanwalt.

»Aber ich habe mir selbst den Ort genau angesehen«, fuhr Mr. Enfield fort. »Eigentlich ist es gar kein richtiges Haus. Es gibt keine weitere Tür, und durch diese eine geht niemand ein oder aus bis auf den Gentleman meines Abenteuers, und auch der nur ganz selten. Im ersten Stock sind drei Fenster zum Hof hinaus, unten ist keins, die Fenster sind immer geschlossen, aber sauber. Und dann ist da noch ein Schornstein, der meistens raucht; es muss also jemand dort wohnen. Und doch ist das nicht so sicher, denn die Gebäude stehen um diesen Hof herum so dicht beieinander, dass man kaum sagen kann, wo das eine aufhört und das nächste anfängt.«

The pair walked on again for a while in silence; and then "Enfield," said Mr. Utterson, "that's a good rule of yours."

"Yes, I think it is," returned Enfield.

"But for all that," continued the lawyer, "there's one point I want to ask: I want to ask the name of that man who walked over the child."

"Well," said Mr. Enfield, "I can't see what harm it would do. It was a man of the name of Hyde."

"Hm," said Mr. Utterson. "What sort of a man is he to see?"

"He is not easy to describe. There is something wrong with his appearance; something displeasing, something downright detestable. I never saw a man I so disliked, and yet I scarce know why. He must be deformed somewhere; he gives a strong feeling of deformity, although I couldn't specify the point. He's an extraordinary looking man, and yet I really can name nothing out of the way. No, sir; I can make no hand of it; I can't describe him. And it's not want of memory; for I declare I can see him this moment."

Mr. Utterson again walked some way in silence and obviously under a weight of consideration. "You are sure he used a key?" he inquired at last.

"My dear sir ..." began Enfield, surprised out of himself.

Die beiden gingen eine Weile schweigend weiter. Dann sagte Mr. Utterson: »Enfield, dein Grundsatz ist sehr vernünftig.«

»Ja, das glaube ich auch«, entgegnete Enfield.

»Aber trotzdem«, fuhr der Anwalt fort, »gibt es noch eine Sache, die ich gerne wüsste: Ich wüsste gerne, wie der Mann hieß, der das Kind niedergetrampelt hat.«

»Nun«, sagte Mr. Enfield, »ich sehe nicht, was das schaden könnte. Es war ein Mann namens Hyde.«

»Hm«, sagte Mr. Utterson. »Und wie sah der Mann aus?«

»Er ist nicht leicht zu beschreiben. Irgendetwas an seiner Erscheinung stimmt nicht; er hat etwas Unangenehmes, etwas geradezu Widerwärtiges. Ich bin noch nie einem Menschen begegnet, der mir so missfiel, und doch weiß ich kaum, weshalb. Er muss irgendwie verkrüppelt sein, er erweckt stark den Eindruck einer Missbildung, obgleich ich den Körperteil nicht bezeichnen könnte. Er ist ein ganz auffällig aussehender Mann, und doch kann ich tatsächlich nichts Außergewöhnliches an ihm benennen. Nein, Utterson, ich kann nichts dazu sagen, ich kann ihn nicht beschreiben. Und das liegt nicht an meinem schlechten Gedächtnis, denn ich versichere dir, ich sehe ihn in diesem Augenblick vor mir.«

Mr. Utterson ging schweigend und offensichtlich in tiefes Nachdenken versunken wieder ein Stück weiter. »Bist du sicher, dass er einen Schlüssel benutzte?«, fragte er schließlich.

»Mein lieber Utterson ...«, rief Enfield völlig überrascht.

"Yes, I know," said Utterson; "I know it must seem strange. The fact is, if I do not ask you the name of the other party, it is because I know it already. You see, Richard, your tale has gone home. If you have been inexact in any point, you had better correct it."

"I think you might have warned me," returned the other with a touch of sullenness. "But I have been pedantically exact, as you call it. The fellow had a key; and what's more, he has it still. I saw him use it, not a week ago."

Mr. Utterson sighed deeply but said never a word; and the young man presently resumed. "Here is another lesson to say nothing," said he. "I am ashamed of my long tongue. Let us make a bargain never to refer to this again."

"With all my heart," said the lawyer. "I shake hands on that, Richard."

»Ja, ich weiß«, sagte Utterson, »ich weiß, es muss sonderbar erscheinen. Aber es ist so, dass ich dich deshalb nicht nach dem Namen des anderen Mannes frage, weil ich ihn bereits kenne. Du siehst, Richard, deine Geschichte ist an den Richtigen gekommen. Wenn du in irgendeinem Punkt ungenau gewesen bist, korrigiere dich lieber gleich.«

»Ich finde, du hättest mich warnen sollen«, versetzte der andere mit einem Anflug von Verstimmtheit. »Aber ich bin pedantisch genau gewesen, wie du zu sagen pflegst. Der Kerl hatte einen Schlüssel, und mehr noch, er hat ihn noch immer. Ich sah, wie er ihn benutzte, das ist noch keine Woche her.«

Mr. Utterson seufzte tief, sagte aber kein einziges Wort mehr, und der junge Mann fuhr daraufhin fort: »Das ist mir wieder einmal eine Lehre, nichts zu erzählen! Ich schäme mich meiner losen Zunge. Wir wollen übereinkommen, nie wieder über diese Sache zu sprechen.«

»Von ganzem Herzen«, sagte der Anwalt. »Darauf gebe ich dir die Hand, Richard.«

SEARCH FOR MR. HYDE.

That evening, Mr. Utterson came home to his bachelor house in sombre spirits and sat down to dinner without relish. It was his custom of a Sunday, when this meal was over, to sit close by the fire, a volume of some dry divinity on his reading desk, until the clock of the neighbouring church rang out the hour of twelve, when he would go soberly and gratefully to bed. On this night, however, as soon as the cloth was taken away, he took up a candle and went into his business room. There he opened his safe, took from the most private part of it a document endorsed on the envelope as Dr. Jekyll's Will, and sat down with a clouded brow to study its contents. The will was holograph, for Mr. Utterson, though he took charge of it now that it was made, had refused to lend the least assistance in the making of it; it provided not only that, in case of the decease of Henry Jekyll, M.D., D.C.L., LL.D., F.R.S., &c., all his possessions were to pass into the hands of his "friend and benefactor Edward Hyde," but that in case of Dr. Jekyll's "disappearance or unexplained absence for any period exceeding three calendar months," the said Edward Hyde should step into the said Henry Jekyll's shoes without further delay and free from any burthen or obligation, beyond the payment of a few small sums to the members

Auf der Suche nach Mr. Hyde

An diesem Abend kehrte Mr. Utterson in düsterer Stimmung in seine Junggesellenwohnung zurück und ließ sich ohne Appetit zum Abendessen nieder. Es war seine Gewohnheit, sich sonntags nach der Mahlzeit dicht an das Kaminfeuer zu setzen, mit irgendeinem trockenen theologischen Buch auf seinem Lesepult, bis die Uhr der benachbarten Kirche zwölf schlug und er nüchtern und dankbaren Herzens zu Bett ging. An diesem Abend aber nahm er, sobald der Tisch abgedeckt war, eine Kerze und ging in sein Arbeitszimmer. Dort öffnete er seinen Tresor, entnahm dessen verborgenstem Fach ein Dokument, das auf dem Umschlag als Dr. Jekylls Testament bezeichnet war, und setzte sich mit umwölkter Stirn nieder, um den Inhalt zu studieren. Das Testament war in einer einzigen Handschrift abgefasst, denn obwohl Mr. Utterson es nach seiner Fertigstellung in Verwahrung genommen hatte, hatte er sich geweigert, bei der Abfassung auch nur die geringste Hilfe zu leisten. Es bestimmte nicht nur, dass im Fall des Todes von Henry Jekyll, Dr. med., Dr. jur., Mitglied der Royal Society usw., alle seine Besitztümer in die Hände seines »Freundes und Wohltäters Edward Hyde« übergehen sollten, sondern auch, dass im Fall von Dr. Jekylls »Verschwinden oder unerklärbarer Abwesenheit für einen Zeitraum, der drei Kalendermonate überschreitet« besagter Edward Hyde sofort ohne jeden weiteren Aufschub an des besagten Dr. Henry Jekylls Stelle treten sollte, und zwar frei von jeder Bürde oder

of the doctor's household. This document had long been the lawyer's eyesore. It offended him both as a lawyer and as a lover of the sane and customary sides of life, to whom the fanciful was the immodest. And hitherto it was his ignorance of Mr. Hyde that had swelled his indignation; now, by a sudden turn, it was his knowledge. It was already bad enough when the name was but a name of which he could learn no more. It was worse when it began to be clothed upon with detestable attributes; and out of the shifting, insubstantial mists that had so long baffled his eye, there leaped up the sudden, definite presentment of a fiend.

"I thought it was madness," he said, as he replaced the obnoxious paper in the safe, "and now I begin to fear it is disgrace."

With that he blew out his candle, put on a great coat and set forth in the direction of Cavendish Square, that citadel of medicine, where his friend, the great Dr. Lanyon, had his house and received his crowding patients. "If anyone knows, it will be Lanyon," he had thought.

The solemn butler knew and welcomed him; he was subjected to no stage of delay, but ushered direct from the door to the dining-room where Dr. Lanyon sat alone over his wine. This was a hearty, healthy, dapper, red-faced gentleman, with

Verpflichtung außer der Zahlung einiger geringer Beträge an die Hausangestellten des Doktors. Dieses Dokument war dem Anwalt schon seit Langem ein Dorn im Auge. Es missfiel ihm sowohl als Juristen wie als Freund vernünftiger und traditioneller Lebensgewohnheiten, dem alles Überspannte unschicklich erschien. Und hatte bislang der Umstand, dass er diesen Hyde nicht kannte, seinen Unmut erregt, so tat dies plötzlich der umgekehrte Fall, nämlich dass er ihn kannte. Es war schon schlimm genug, als der Name lediglich ein Name war, über den er mehr nicht in Erfahrung bringen konnte. Schlimmer war es jetzt, als sich abscheuliche Attribute um diesen Namen zu ranken begannen und aus den wabernden, ungreifbaren Nebeln, die so lange sein Auge getrübt hatten, plötzlich das klare Bild eines Teufels emporstieg.

»Ich dachte, es sei Wahnsinn«, sagte er, während er das widerwärtige Schriftstück in den Tresor zurücklegte, »jetzt aber beginne ich zu fürchten, dass es Schande bedeutet.«

Damit blies er die Kerze aus, zog seinen Mantel über und machte sich auf in Richtung Cavendish Square, dieser Hochburg der Mediziner, wo sein Freund, der berühmte Dr. Lanyon, sein Haus hatte und seine zahllosen Patienten empfing. »Wenn irgendjemand etwas weiß, dann Lanyon«, war sein Gedanke.

Der ernste Kammerdiener, der ihn kannte, hieß ihn willkommen. Er brauchte nicht erst zu warten, sondern wurde gleich von der Haustür ins Speisezimmer geführt, wo Dr. Lanyon allein bei einem Glas Wein saß. Er war ein rüstiger, stattlicher Herr mit rotem Gesicht, vorzeitig

a shock of hair prematurely white, and a boisterous and decided manner. At sight of Mr. Utterson, he sprang up from his chair and welcomed him with both hands. The geniality, as was the way of the man, was somewhat theatrical to the eye; but it reposed on genuine feeling. For these two were old friends, old mates both at school and college, both thorough respecters of themselves and of each other, and, what does not always follow, men who thoroughly enjoyed each other's company.

After a little rambling talk, the lawyer led up to the subject which so disagreeably preoccupied his mind.

"I suppose, Lanyon," said he, "you and I must be the two oldest friends that Henry Jekyll has?"

"I wish the friends were younger," chuckled Dr. Lanyon. "But I suppose we are. And what of that? I see little of him now."

"Indeed?" said Utterson. "I thought you had a bond of common interest."

"We had," was the reply. "But it is more than ten years since Henry Jekyll became too fanciful for me. He began to go wrong, wrong in mind; and though of course I continue to take an interest in him for old sake's sake as they say, I see and I have seen devilish little of the man. Such unscientific balderdash," added the doctor, flushing suddenly purple, "would have estranged Damon and Pythias."

ergrautem Haarschopf und einem lautstarken, entschlossenen Auftreten. Beim Anblick von Mr. Utterson sprang er von seinem Stuhl auf und begrüßte ihn mit ausgestreckten Händen. Die Herzlichkeit, die er an den Tag legte, wirkte auf den ersten Blick etwas theatralisch, entsprang aber aufrichtigen Gefühlen. Denn die beiden waren alte Freunde, alte Schul- und Universitätskameraden, beide hatten Achtung vor sich selbst und voreinander, und, was nicht immer daraus folgt, beide Männer genossen die Gesellschaft des jeweils anderen aufrichtig.

Nach einem kurzen Geplauder über dies und das kam der Anwalt auf die Sache zu sprechen, die ihn auf so unangenehme Weise beschäftigte.

»Ich glaube, Lanyon«, sagte er, »du und ich, wir sind die zwei ältesten Freunde von Henry Jekyll?«

»Ich wünschte, die Freunde wären jünger«, kicherte Dr. Lanyon. »Doch ich nehme an, du hast recht. Aber warum fragst du? Ich sehe ihn nur noch selten.«

»So?«, sagte Utterson. »Ich dachte, euch verbänden gemeinsame Interessen.«

»Das war einmal«, lautete die Antwort. »Aber es ist schon mehr als zehn Jahre her, dass Henry Jekyll mir zu kauzig geworden ist. Er begann, auf Abwege zu geraten, auf geistige Abwege, und obwohl ich natürlich immer noch an seinem Leben Anteil nehme, um der alten Zeiten willen, wie man so sagt, habe ich schon lange verteufelt wenig von dem Mann gesehen. Ein derart unwissenschaftlicher Blödsinn«, fügte der Doktor, plötzlich purpurrot im Gesicht, hinzu, »hätte sogar Damon und Phintias auseinandergebracht.«

This little spirt of temper was somewhat of a relief to Mr. Utterson. "They have only differed on some point of science," he thought; and being a man of no scientific passions (except in the matter of conveyancing) he even added: "It is nothing worse than that!" He gave his friend a few seconds to recover his composure, and then approached the question he had come to put. "Did you ever come across a protégé of his—one Hyde?" he asked.

"Hyde?" repeated Lanyon. "No. Never heard of him. Since my time."

That was the amount of information that the lawyer carried back with him to the great, dark bed on which he tossed to and fro, until the small hours of the morning began to grow large. It was a night of little ease to his toiling mind, toiling in mere darkness and besieged by questions.

Six o'clock struck on the bells of the church that was so conveniently near to Mr. Utterson's dwelling, and still he was digging at the problem. Hitherto it had touched him on the intellectual side alone; but now his imagination also was engaged or rather enslaved; and as he lay and tossed in the gross darkness of the night and the curtained room, Mr. Enfield's tale went by before his mind in a scroll of lighted pictures. He would be aware of the great field of lamps of a nocturnal city; then of the figure of a man walking swiftly; then of a child running from the doctor's; and then

Dieser kleine Gefühlsausbruch bereitete Mr. Utterson eine gewisse Erleichterung. »Sie haben sich nur über irgendeine wissenschaftliche Frage gestritten«, dachte er; und da er ein Mann ohne wissenschaftliche Leidenschaft war – von notariellen Eigentumsübertragungen abgesehen –, fügte er sogar hinzu: »Nun, wenn es nichts Schlimmeres ist!« Er ließ seinem Freund ein paar Sekunden Zeit, sich wieder zu fassen, und ging dann die Frage an, die ihn hergeführt hatte. »Bist du jemals einem Protegé von ihm begegnet – einem gewissen Hyde?«, fragte er.

»Hyde?«, wiederholte Lanyon. »Nein. Nie von ihm gehört. Nicht zu meiner Zeit.«

Das war die ganze Auskunft, die der Anwalt mit sich nach Hause in sein großes, düsteres Bett nahm, auf dem er sich hin und her wälzte, bis nach den frühen Morgenstunden der Tag anbrach. Es war eine Nacht, die seinem gequälten Geist, der in vollkommener Dunkelheit tappte und von Fragen bedrängt wurde, wenig Erleichterung brachte.

Sechs Uhr schlugen die Glocken der Kirche, die so angenehm nahe bei Mr. Uttersons Wohnung stand, und noch immer nagte er an diesem Problem. Bisher hatte es nur seinen Verstand beschäftigt, jetzt aber war auch seine Einbildungskraft in Anspruch genommen oder vielmehr davon gefesselt; und wie er so dalag und sich in der tiefen Finsternis der Nacht und des verdunkelten Zimmers wälzte, zog Mr. Enfields Erzählung gleich einem Band erleuchteter Bilder vor seinem geistigen Auge vorüber. Er sah vor sich die endlosen Laternenreihen einer nächtlichen Stadt, dann die Gestalt eines rasch dahineilenden Mannes, dann ein Kind, das vom Haus des Doktors weglief,

these met, and that human Juggernaut trod the child down and passed on regardless of her screams. Or else he would see a room in a rich house, where his friend lay asleep, dreaming and smiling at his dreams; and then the door of that room would be opened, the curtains of the bed plucked apart, the sleeper recalled, and lo! there would stand by his side a figure to whom power was given, and even at that dead hour, he must rise and do its bidding. The figure in these two phases haunted the lawyer all night; and if at any time he dozed over, it was but to see it glide more stealthily through sleeping houses, or move the more swiftly and still the more swiftly, even to dizziness, through wider labyrinths of lamplighted city, and at every street corner crush a child and leave her screaming. And still the figure had no face by which he might know it; even in his dreams, it had no face, or one that baffled him and melted before his eyes; and thus it was that there sprang up and grew apace in the lawyer's mind a singularly strong, almost an inordinate, curiosity to behold the features of the real Mr. Hyde. If he could but once set eyes on him, he thought the mystery would lighten and perhaps roll altogether away, as was the habit of mysterious things when well examined. He might see a reason for his friend's strange preference or bondage (call it which you please) and even for the startling clauses of the will. And at least it would be a face

dann stießen diese beiden zusammen, und die menschliche Dampfwalze trat das Kind zu Boden und ging weiter, ohne sich um das Geschrei zu kümmern. Oder er sah ein Zimmer in einem reichen Haus, in dem sein Freund schlafend lag, träumend und lächelnd über seine Träume, und dann öffnete sich die Tür dieses Zimmers, die Bettvorhänge wurden zur Seite gerissen, der Schläfer geweckt und – da! an seiner Seite stand eine Gestalt, der Macht verliehen war, und selbst zu dieser nächtlichen Stunde musste er aufstehen und seine Befehle ausführen. Die Gestalt in diesen beiden Erscheinungen verfolgte den Anwalt die ganze Nacht, und wenn er einmal einschlummerte, so nur, um zu sehen, wie sie noch verstohlener durch schlafende Häuser glitt oder sich schneller und immer schneller, geradezu schwindelerregend schnell durch weite Labyrinthe der lampenerhellten Stadt bewegte und an jeder Straßenecke ein Kind niedertrampelte und es schreiend am Boden liegen ließ. Und noch immer hatte die Gestalt kein Gesicht, an dem er sie hätte erkennen können; selbst in seinen Träumen hatte sie kein Gesicht, oder doch nur eins, das ihn verwirrte und vor seinen Augen verschwamm; und so packte den Anwalt eine außerordentlich starke, beinahe maßlose Neugier, die Gesichtszüge des wirklichen Mr. Hyde zu sehen. Wenn er ihn nur ein einziges Mal zu Gesicht bekommen könnte, dann, so glaubte er, würde sich das Geheimnis lüften und vielleicht ganz in Luft auflösen, wie es mit geheimnisvollen Dingen meistens geschieht, wenn man sie genauer unter die Lupe nimmt. Dann fände er vielleicht eine Erklärung für die sonderbare Neigung oder Abhängigkeit (wie immer man

worth seeing: the face of a man who was without bowels of mercy: a face which had but to show itself to raise up, in the mind of the unimpressionable Enfield, a spirit of enduring hatred.

From that time forward, Mr. Utterson began to haunt the door in the by-street of shops. In the morning before office hours, at noon when business was plenty and time scarce, at night under the face of the fogged city moon, by all lights and at all hours of solitude or concourse, the lawyer was to be found on his chosen post.

"If he be Mr. Hyde," he had thought, "I shall be Mr. Seek."

And at last his patience was rewarded. It was a fine dry night; frost in the air; the streets as clean as a ballroom floor; the lamps, unshaken by any wind, drawing a regular pattern of light and shadow. By ten o'clock, when the shops were closed, the by-street was very solitary and, in spite of the low growl of London from all round, very silent. Small sounds carried far; domestic sounds out of the houses were clearly audible on either side of the roadway; and the rumour of the approach of any passenger preceded him by a long time. Mr. Utterson had been some minutes at his post, when he was aware of an odd, light footstep drawing near. In the course of his nightly

es nennen mochte) seines Freundes und vielleicht sogar für die befremdlichen Klauseln des Testaments. Und in jedem Fall wäre es ein sehenswertes Gesicht: das Gesicht eines Mannes, der keinen Funken Barmherzigkeit im Leib hatte, ein Gesicht, das sich nur zu zeigen brauchte, um in dem sonst schwer zu beeindruckenden Enfield ein Gefühl des unauslöschlichen Hasses zu erregen.

Von dieser Zeit an begann Mr. Utterson, die Tür in der kleinen Ladenstraße regelmäßig zu beobachten. Morgens vor den Sprechstunden, mittags, wenn viel zu tun und die Zeit knapp war, nachts im Schein des nebelverhangenen Großstadtmondes – bei jeder Beleuchtung und zu allen Stunden der Einsamkeit oder des Gedränges war der Anwalt auf seinem selbsterwählten Posten zu finden.

»Wenn er Mister Hyde ist«, dachte er, »werde ich Mister Seek sein.«*

Und schließlich wurde seine Geduld belohnt. Es war eine schöne klare Nacht, Frost in der Luft, die Straßen blank wie ein Tanzboden, und die Laternen, die von keinem Wind bewegt wurden, zeichneten ein regelmäßiges Muster aus Licht und Schatten. Gegen zehn Uhr, als die Läden geschlossen hatten, lag die Nebenstraße sehr einsam und trotz des gedämpften Lärmens Londons ringsum sehr still da. Leise Geräusche waren weithin hörbar, Geräusche aus den Häusern auf beiden Seiten der Straße deutlich zu vernehmen, und jedem Passanten eilte der Klang seiner Schritte weit voraus. Mr. Utterson be-

---

* engl. hyde (hide): sich verstecken; seek: suchen; hide and seek: Versteckspiel

patrols, he had long grown accustomed to the quaint effect with which the footfalls of a single person, while he is still a great way off, suddenly spring out distinct from the vast hum and clatter of the city. Yet his attention had never before been so sharply and decisively arrested; and it was with a strong, superstitious prevision of success that he withdrew into the entry of the court.

The steps drew swiftly nearer, and swelled out suddenly louder as they turned the end of the street. The lawyer, looking forth from the entry, could soon see what manner of man he had to deal with. He was small and very plainly dressed, and the look of him, even at that distance, went somehow strongly against the watcher's inclination. But he made straight for the door, crossing the roadway to save time; and as he came, he drew a key from his pocket like one approaching home.

Mr. Utterson stepped out and touched him on the shoulder as he passed. "Mr. Hyde, I think?"

Mr. Hyde shrank back with a hissing intake of the breath. But his fear was only momentary; and though he did not look the lawyer in the face, he answered coolly enough: "That is my name. What do you want?"

"I see you are going in," returned the lawyer. "I am an old friend of Dr. Jekyll's—Mr. Utterson of

fand sich erst einige Minuten auf seinem Posten, als er einen sonderbar leichten Schritt näherkommen hörte. Im Laufe seiner nächtlichen Patrouillengänge hatte er sich längst an die eigentümliche Wirkung gewöhnt, mit der sich die Schritte eines einzelnen Menschen, während er noch ein gutes Stück entfernt ist, plötzlich ganz deutlich von dem ungeheuren Gesumme und Getöse der Großstadt abheben. Aber nie zuvor war seine Aufmerksamkeit so energisch und entschieden gefesselt worden, und mit einer starken, abergläubischen Vorahnung eines Erfolges zog er sich in den Hofeingang zurück.

Die Schritte kamen schnell näher und wurden plötzlich lauter, als sie um die Straßenecke bogen. Der Anwalt, aus dem Hofeingang hervorspähend, konnte bald sehen, mit welcher Sorte Mann er es zu tun hatte. Er war klein und sehr einfach gekleidet, und sein Aussehen rief selbst auf diese Entfernung eine starke Abneigung beim Beobachter hervor. Er ging geradewegs auf die Tür zu, quer über die Straße, um Zeit zu sparen, und zog schon im Gehen einen Schlüssel aus der Tasche, wie jemand, der nach Hause kommt.

Mr. Utterson trat vor und berührte ihn an der Schulter, als er vorbeiging. »Mr. Hyde, nehme ich an?«

Mr. Hyde fuhr zurück, wobei er mit einem zischenden Laut den Atem einzog. Aber sein Schreck dauerte nur einen Augenblick, und obgleich er dem Anwalt nicht ins Gesicht blickte, antwortete er vollkommen ruhig: »So heiße ich. Was wünschen Sie?«

»Ich sehe, Sie wollen hineingehen«, erwiderte der Anwalt. »Ich bin ein alter Freund von Dr. Jekyll – Mr. Ut-

Gaunt Street—you must have heard my name; and meeting you so conveniently, I thought you might admit me."

"You will not find Dr. Jekyll; he is from home," replied Mr. Hyde, blowing in the key. And then suddenly, but still without looking up, "How did you know me?" he asked.

"On your side," said Mr. Utterson, "will you do me a favour?"

"With pleasure," replied the other. "What shall it be?"

"Will you let me see your face?" asked the lawyer.

Mr. Hyde appeared to hesitate, and then, as if upon some sudden reflection, fronted about with an air of defiance; and the pair stared at each other pretty fixedly for a few seconds. "Now I shall know you again," said Mr. Utterson. "It may be useful."

"Yes," returned Mr. Hyde, "it is as well we have met; and à *propos*, you should have my address." And he gave a number of a street in Soho.

"Good God!" thought Mr. Utterson, "can he too have been thinking of the will?" But he kept his feelings to himself and only grunted in acknowledgement of the address.

"And now," said the other, "how did you know me?"

"By description," was the reply.

terson aus der Gaunt Street –, Sie müssen meinen Namen schon einmal gehört haben, und da ich Sie hier gerade treffe, dachte ich, Sie könnten mich einlassen.«

»Sie werden Dr. Jekyll nicht zu Hause antreffen, er ist ausgegangen«, antwortete Hyde und blies in den Schlüssel. Dann fragte er plötzlich, doch ohne dabei aufzublicken: »Woher kennen Sie mich?«

»Würden Sie mir Ihrerseits«, sagte Utterson, »einen Gefallen erweisen?«

»Mit Vergnügen«, entgegnete der andere, »worum handelt es sich?«

»Würden Sie mich Ihr Gesicht sehen lassen?«, fragte der Anwalt.

Mr. Hyde schien zu zögern, doch dann, wie aufgrund eines plötzlichen Einfalls, wandte er sich mit verächtlicher Miene um, und die beiden starrten einander ein paar Sekunden lang wie gebannt an. »Jetzt werde ich Sie wiedererkennen«, sagte Utterson. »Das könnte einmal von Nutzen sein.«

»Ja«, antwortete Hyde, »es ist ganz gut, dass wir uns getroffen haben, und, apropos, ich gebe Ihnen besser auch meine Adresse.« Und er nannte ihm eine Straße und Hausnummer in Soho.

»Guter Gott!«, dachte Utterson, »ist es möglich, dass auch er an das Testament gedacht hat?« Aber er behielt seine Gedanken für sich und brummte für die Adresse nur einen Dank.

»Und nun«, sagte dieser, »wie haben Sie mich erkannt?«

»Aufgrund einer Beschreibung«, lautete die Antwort.

"Whose description?"

"We have common friends," said Mr. Utterson.

"Common friends?" echoed Mr. Hyde, a little hoarsely. "Who are they?"

"Jekyll, for instance," said the lawyer.

"He never told you," cried Mr. Hyde, with a flush of anger. "I did not think you would have lied."

"Come," said Mr. Utterson, "that is not fitting language."

The other snarled aloud into a savage laugh; and the next moment, with extraordinary quickness, he had unlocked the door and disappeared into the house.

The lawyer stood awhile when Mr. Hyde had left him, the picture of disquietude. Then he began slowly to mount the street, pausing every step or two and putting his hand to his brow like a man in mental perplexity. The problem he was thus debating as he walked, was one of a class that is rarely solved. Mr. Hyde was pale and dwarfish, he gave an impression of deformity without any nameable malformation, he had a displeasing smile, he had borne himself to the lawyer with a sort of murderous mixture of timidity and boldness, and he spoke with a husky, whispering and somewhat broken voice; all these were points against him, but not all of these together could explain the hitherto unknown disgust, loathing and fear with which Mr. Utterson regarded him. "There

»Wessen Beschreibung?«

»Wir haben gemeinsame Freunde«, sagte Mr. Utterson.

»Gemeinsame Freunde?«, wiederholte Mr. Hyde etwas heiser. »Wer sollte das sein?«

»Jekyll zum Beispiel«, sagte der Anwalt.

»Der hat Ihnen nie von mir erzählt«, rief Mr. Hyde und wurde rot vor Zorn. »Ich hätte nicht gedacht, dass Sie lügen würden.«

»Nicht doch«, rief Utterson, »das ist unschickliche Sprache.«

Der andere brach in ein lautes, höhnisches Lachen aus, hatte im nächsten Augenblick mit außerordentlicher Schnelligkeit die Tür aufgeschlossen und war im Haus verschwunden.

Nachdem Mr. Hyde ihn verlassen hatte, blieb der Anwalt noch eine Zeitlang dort stehen – ein Bild der Unruhe. Dann ging er langsam die Straße hinauf, wobei er alle paar Schritte stehenblieb und sich an die Stirn griff wie ein Mensch, der vollkommen ratlos ist. Das Problem, mit dem er sich im Gehen beschäftigte, gehörte zu jenen, die selten gelöst werden. Mr. Hyde war blass und von zwergenhaftem Wuchs, er machte einen missgestalteten Eindruck, ohne dass man eine bestimmte Missbildung hätte benennen können, er hatte ein unsympathisches Lächeln, er hatte sich dem Anwalt gegenüber mit einer Art mörderischer Mischung aus Zaghaftigkeit und Frechheit benommen, und er sprach mit heiserer, flüsternder, etwas gebrochener Stimme. Dies alles sprach gegen ihn, aber selbst all diese Eigenschaften zusammengenommen konnten das ihm bis dahin unbekannte Gefühl von Ekel, Ab-

must be something else," said the perplexed gentleman. "There *is* something more, if I could find a name for it. God bless me, the man seems hardly human! Something troglodytic, shall we say? or can it be the old story of Dr. Fell? or is it the mere radiance of a foul soul that thus transpires through, and transfigures, its clay continent? The last, I think; for O my poor old Harry Jekyll, if ever I read Satan's signature upon a face, it is on that of your new friend."

Round the corner from the by-street, there was a square of ancient, handsome houses, now for the most part decayed from their high estate and let in flats and chambers to all sorts and conditions of men: map-engravers, architects, shady lawyers and the agents of obscure enterprises. One house, however, second from the corner, was still occupied entire; and at the door of this, which wore a great air of wealth and comfort, though it was now plunged in darkness except for the fan-light, Mr. Utterson stopped and knocked. A well-dressed, elderly servant opened the door.

"Is Dr. Jekyll at home, Poole?" asked the lawyer.
"I will see, Mr. Utterson," said Poole, admitting the visitor, as he spoke, into a large, low-roofed, comfortable hall, paved with flags, warmed (after

scheu und Furcht nicht erklären, mit dem Mr. Utterson ihn betrachtete. »Es muss noch etwas anderes dahinterstecken«, sagte der alte Herr in seiner Ratlosigkeit. »Es steckt noch mehr dahinter, wenn ich doch nur einen Namen dafür hätte! Gott behüte mich, der Mann kommt mir kaum wie ein Mensch vor. Eher wie ein Höhlenmensch, könnte man sagen – oder ist es wie in der alten Geschichte von Dr. Fell? Oder ist es die bloße Ausstrahlung einer schändlichen Seele, die durch ihre irdische Hülle hindurchdringt und sie entstellt? Letzteres wird es wohl sein – denn ach, mein armer alter Harry Jekyll, wenn ich jemals das Zeichen Satans auf einem Gesicht gesehen habe, dann auf dem deines neuen Freundes.«

Gleich um die Ecke der Nebenstraße lag ein Platz, der von schönen alten Häusern umgeben war, von denen die meisten sehr heruntergekommen waren und etagen- oder zimmerweise an Leute aus allen möglichen Ständen und Berufen vermietet wurden: Landkartenstecher, Baumeister, Winkeladvokaten und Vertreter zweifelhafter Unternehmen. Ein Haus jedoch, das zweite nach der Straßenecke, war noch von einem Besitzer allein bewohnt; und vor der Tür dieses Hauses, das großen Reichtum und Behaglichkeit ausstrahlte, obgleich es jetzt, abgesehen von dem halbrunden Fenster über der Haustür, in tiefem Dunkel lag, blieb Mr. Utterson stehen und klopfte. Ein gut gekleideter älterer Diener öffnete die Tür.

»Ist Dr. Jekyll zu Hause, Poole?«, fragte der Anwalt.

»Ich werde nachsehen, Mr. Utterson«, sagte Poole und ließ den Besucher, während er noch sprach, in eine große, behagliche Diele mit niedriger Decke und gefliestem

the fashion of a country house) by a bright, open fire, and furnished with costly cabinets of oak. "Will you wait here by the fire, sir? or shall I give you a light in the dining-room?"

"Here, thank you," said the lawyer, and he drew near and leaned on the tall fender. This hall, in which he was now left alone, was a pet fancy of his friend the doctor's; and Utterson himself was wont to speak of it as the pleasantest room in London. But to-night there was a shudder in his blood; the face of Hyde sat heavy on his memory; he felt (what was rare with him) a nausea and distaste of life; and in the gloom of his spirits, he seemed to read a menace in the flickering of the firelight on the polished cabinets and the uneasy starting of the shadow on the roof. He was ashamed of his relief, when Poole presently returned to announce that Dr. Jekyll was gone out.

"I saw Mr. Hyde go in by the old dissecting room door, Poole," he said. "Is that right, when Dr. Jekyll is from home?"

"Quite right, Mr. Utterson, sir," replied the servant. "Mr. Hyde has a key."

"Your master seems to repose a great deal of trust in that young man, Poole," resumed the other musingly.

"Yes, sir, he do indeed," said Poole. "We have all orders to obey him."

Fußboden eintreten, die nach Art eines Landhauses von einem hellen, offenen Kaminfeuer erwärmt und mit kostbaren Eichenschränken ausgestattet war. »Wollen Sie hier am Kamin warten, Sir, oder soll ich Ihnen im Speisezimmer Licht machen?«

»Ich warte hier, danke«, sagte der Anwalt, trat näher an das Feuer heran und lehnte sich an das hohe Kamingitter. Diese Diele, in der er jetzt allein war, war der Lieblingsort seines Freundes, des Doktors, und Utterson selbst pflegte sie als den behaglichsten Raum in ganz London zu preisen. Aber heute Nacht fröstelte ihn; Hydes Gesicht lastete schwer auf seiner Erinnerung; er verspürte – was ihm selten widerfuhr – Ekel und Abscheu vor dem Leben, und in seiner düsteren Stimmung schien es ihm, als könne er aus dem flackernden Feuerschein auf den polierten Schränken und dem unruhigen Spiel des Schattens an der Zimmerdecke eine Drohung herauslesen. Er schämte sich seiner Erleichterung, als Poole bald zurückkehrte und ihm meldete, dass Dr. Jekyll ausgegangen sei.

»Ich sah Mr. Hyde zur Tür des alten Anatomiesaals hineingehen, Poole«, sagte er. »Ist das in Ordnung, wenn Dr. Jekyll nicht zu Hause ist?«

»Vollkommen in Ordnung, Mr. Utterson«, antwortete der Diener. »Mr. Hyde hat einen Schlüssel.«

»Ihr Herr scheint großes Vertrauen in diesen jungen Mann zu setzen, Poole«, sagte der Anwalt nachdenklich.

»Ja, Sir, das stimmt. Wir haben alle die Anweisung, ihm zu gehorchen.«

"I do not think I ever met Mr. Hyde?" asked Utterson.

"O, dear no, sir. He never *dines* here," replied the butler. "Indeed we see very little of him on this side of the house; he mostly comes and goes by the laboratory."

"Well, good night, Poole."

"Good night, Mr. Utterson."

And the lawyer set out homeward with a very heavy heart. "Poor Harry Jekyll," he thought, "my mind misgives me he is in deep waters! He was wild when he was young; a long while ago to be sure; but in the law of God, there is no statute of limitations. Ay, it must be that; the ghost of some old sin, the cancer of some concealed disgrace: punishment coming, *pede claudo*, years after memory has forgotten and self-love condoned the fault." And the lawyer, scared by the thought, brooded awhile on his own past, groping in all the corners of memory, lest by chance some Jack-in-the-Box of an old iniquity should leap to light there. His past was fairly blameless; few men could read the rolls of their life with less apprehension; yet he was humbled to the dust by the many ill things he had done, and raised up again into a sober and fearful gratitude by the many that he had come so near to doing, yet avoided. And then by a return on his former subject, he conceived a spark of hope. "This Master Hyde, if he were studied," thought he, "must have secrets of his own:

»Ich glaube nicht, dass ich Mr. Hyde jemals hier getroffen habe?«, fragte Utterson.

»Oh, gewiss nicht, Sir. Er speist niemals hier«, entgegnete der Diener. »Wir sehen ihn äußerst selten in diesem Teil des Hauses, meistens kommt und geht er durch das Laboratorium.«

»Na, dann gute Nacht, Poole.«

»Gute Nacht, Mr. Utterson.«

Und mit einem sehr schweren Herzen machte sich der Anwalt auf den Heimweg. »Armer Henry Jekyll«, dachte er, »mein Gefühl sagt mir, dass ihm das Wasser bis zum Hals steht! In seiner Jugend war er wild – das ist zwar lange her, aber Gottes Gesetz kennt keine Verjährungsfrist. Gewiss, das muss es sein, das Gespenst irgendeiner alten Sünde, das Krebsgeschwür irgendeiner verheimlichten Schande: Die Strafe naht, *pede claudo*,[*] Jahre, nachdem das Gedächtnis den Fehltritt vergessen und die Eigenliebe ihn verziehen hat.« Und der Anwalt, erschrocken über diesen Gedanken, grübelte eine Weile über seine eigene Vergangenheit nach, stocherte in allen Winkeln seiner Erinnerung herum, ob nicht durch Zufall irgendeine alte Verfehlung wie ein Springteufel ans Licht käme. Seine Vergangenheit war ziemlich tadellos, nur wenige Menschen konnten das Buch ihres Lebens sorgloser lesen, und trotzdem fühlte er sich in den Staub geworfen von den vielen schlechten Dingen, die er getan hatte, und dann wieder aufgerichtet in nüchterner und furchtsamer Dankbarkeit angesichts der vielen Dinge, die er fast begangen und

---

[*] lahm, hinkend, humpelnd.

black secrets, by the look of him; secrets compared to which poor Jekyll's worst would be like sunshine. Things cannot continue as they are. It turns me cold to think of this creature stealing like a thief to Harry's bedside; poor Harry, what a wakening! And the danger of it; for if this Hyde suspects the existence of the will, he may grow impatient to inherit. Ay, I must put my shoulder to the wheel—if Jekyll will but let me," he added, "if Jekyll will only let me." For once more he saw before his mind's eye, as clear as a transparency, the strange clauses of the will.

dann doch vermieden hatte. Schließlich kehrte er zum Ausgangspunkt seiner Gedanken zurück, und ein Funken Hoffnung blitzte auf. »Wenn man diesen Meister Hyde genauer unter die Lupe nähme«, dachte er, »hätte auch er seine Geheimnisse: düstere Geheimnisse, seinem Aussehen nach zu urteilen, Geheimnisse, neben denen sich die schlimmsten Geheimnisse des armen Jekyll wie Sonnenschein ausnähmen. So kann es jedenfalls nicht weitergehen. Es überläuft mich kalt, wenn ich daran denke, dass sich diese Kreatur wie ein Dieb an Harrys Bett schleicht. Armer Harry, welch ein Erwachen! Und welche Gefahr! Denn wenn dieser Hyde die Existenz des Testaments ahnt, könnte er ungeduldig werden, die Erbschaft anzutreten. Ja, ich muss mich ins Zeug legen – wenn Jekyll mich nur lässt«, fügte er hinzu, »wenn Jekyll mich nur lässt.« Wieder standen vor seinem geistigen Auge, klar und deutlich wie ein Leuchtbild, die seltsamen Klauseln des Testaments.

DR. JEKYLL WAS QUITE AT EASE.

A fortnight later, by excellent good fortune, the doctor gave one of his pleasant dinners to some five or six old cronies, all intelligent, reputable men and all judges of good wine; and Mr. Utterson so contrived that he remained behind after the others had departed. This was no new arrangement, but a thing that had befallen many scores of times. Where Utterson was liked, he was liked well. Hosts loved to detain the dry lawyer, when the light-hearted and the loose-tongued had already their foot on the threshold; they liked to sit awhile in his unobtrusive company, practicing for solitude; sobering their minds in the man's rich silence after the expense and strain of gaiety. To this rule, Dr. Jekyll was no exception; and as he now sat on the opposite side of the fire—a large, well-made, smooth-faced man of fifty, with something of a slyish cast perhaps, but every mark of capacity and kindness—you could see by his looks that he cherished for Mr. Utterson a sincere and warm affection.

"I have been wanting to speak to you, Jekyll," began the latter. "You know that will of yours?"

A close observer might have gathered that the topic was distasteful; but the doctor carried it off gaily. "My poor Utterson," said he, "you are unfor-

Dr. Jekyll war ganz unbesorgt

Vierzehn Tage später ergab es sich durch einen günstigen Zufall, dass der Doktor eines seiner angenehmen Diners gab, zu dem fünf oder sechs alte Kameraden eingeladen waren, lauter kluge, angesehene Männer und gute Weinkenner. Utterson richtete es so ein, dass er noch blieb, als die anderen schon gegangen waren. Dies war nichts Neues, sondern schon dutzend Mal vorgekommen. Wo Utterson beliebt war, da war er sehr beliebt. Die Gastgeber hielten den trockenen Juristen gern noch auf, wenn die Heiteren und Geschwätzigen schon ihren Fuß auf der Türschwelle hatten. Sie saßen gern noch eine Weile in seiner unaufdringlichen Gesellschaft, als Vorübung zum Alleinsein, und gewannen durch das vielsagende Schweigen dieses Mannes nach der kräftezehrenden und anstrengenden Fröhlichkeit wieder einen klaren Kopf. Dr. Jekyll bildete von dieser Regel keine Ausnahme, und als er ihm nun am Kamin gegenübersaß – ein großer, gut gebauter Fünfziger mit geschmeidigen Zügen, in denen vielleicht etwas Listiges lag, aber auch alle Anzeichen von Klugheit und Güte –, da konnte man an seinem Blick erkennen, dass er Mr. Utterson eine aufrichtige und herzliche Zuneigung entgegenbrachte.

»Ich hatte den Wunsch, mit dir zu sprechen, Jekyll«, begann der Letztere. »Du erinnerst dich an dein Testament?«

Ein scharfer Beobachter hätte vielleicht bemerkt, dass dieses Thema sehr unwillkommen war, aber der Doktor blieb heiter und ließ sich nichts anmerken. »Armer Utter-

tunate in such a client. I never saw a man so distressed as you were by my will; unless it were that hide-bound pedant, Lanyon, at what he called my scientific heresies. O, I know he's a good fellow—you needn't frown—an excellent fellow, and I always mean to see more of him; but a hide-bound pedant for all that; an ignorant, blatant pedant. I was never more disappointed in any man than Lanyon."

"You know I never approved of it," pursued Utterson, ruthlessly disregarding the fresh topic.

"My will? Yes, certainly, I know that," said the doctor, a trifle sharply. "You have told me so."

"Well, I tell you so again," continued the lawyer. "I have been learning something of young Hyde."

The large handsome face of Dr. Jekyll grew pale to the very lips, and there came a blackness about his eyes. "I do not care to hear more," said he. "This is a matter I thought we had agreed to drop."

"What I heard was abominable," said Utterson.

"It can make no change. You do not understand my position," returned the doctor, with a certain incoherency of manner. "I am painfully situated, Utterson; my position is a very strange—a very strange one. It is one of those affairs that cannot be mended by talking."

"Jekyll," said Utterson, "you know me: I am a man to be trusted. Make a clean breast of this in

son«, sagte er, »du bist zu bedauern mit so einem Klienten! Ich sah niemals einen Menschen, der so verstört war wie du angesichts meines Testaments – außer jenem engstirnigen Pedanten, Lanyon, angesichts meiner wissenschaftlichen Ketzereien, wie er es nannte. Ja, ja, ich weiß, er ist ein guter Kerl – du brauchst gar nicht die Stirn zu runzeln –, ein ausgezeichneter Bursche, und ich nehme mir immer vor, ihn öfter zu treffen, aber ein engstirniger Pedant ist er trotz allem, ein dummer, unverschämter Pedant. Ich war nie von einem Menschen enttäuschter als von Lanyon.«

»Du weißt, ich habe es nie gebilligt«, fuhr Utterson fort, ohne im Geringsten auf das neue Thema einzugehen.

»Mein Testament? Ja, gewiss, das weiß ich«, sagte der Doktor, ein wenig scharf. »Das hast du mir ja gesagt.«

»Nun, ich sage es dir heute noch einmal«, sagte der Anwalt. »Ich habe etwas über den jungen Hyde erfahren.«

Dr. Jekylls großes, anziehendes Gesicht wurde bleich bis in die Lippen und seine Augen verdüsterten sich. »Ich will nichts weiter davon hören«, sagte er. »Ich dachte, wir hätten vereinbart, über dieses Thema nicht mehr zu sprechen.«

»Was ich hörte, war abscheulich«, sagte Utterson.

»Das ändert nichts daran. Du verstehst meine Situation nicht«, erwiderte der Doktor etwas stockend. »Ich befinde mich in einer höchst unangenehmen Lage, Utterson, meine Situation ist sehr sonderbar – sehr sonderbar. Es ist eine jener Angelegenheiten, die nicht besser werden, wenn man darüber spricht.«

»Jekyll«, sagte Utterson, »du kennst mich: Ich bin ein Mann, dem man vertrauen kann. Vertraue mir und

confidence; and I make no doubt I can get you out of it."

"My good Utterson," said the doctor, "this is very good of you, this is downright good of you, and I cannot find words to thank you in. I believe you fully; I would trust you before any man alive, ay, before myself, if I could make the choice; but indeed it isn't what you fancy; it is not so bad as that; and just to put your good heart at rest, I will tell you one thing: the moment I choose, I can be rid of Mr. Hyde. I give you my hand upon that; and I thank you again and again; and I will just add one little word, Utterson, that I'm sure you'll take in good part: this is a private matter, and I beg of you to let it sleep."

Utterson reflected a little looking in the fire.

"I have no doubt you are perfectly right," he said at last, getting to his feet.

"Well, but since we have touched upon this business, and for the last time I hope," continued the doctor, "there is one point I should like you to understand. I have really a very great interest in poor Hyde. I know you have seen him; he told me so; and I fear he was rude. But I do sincerely take a great, a very great interest in that young man; and if I am taken away, Utterson, I wish you to promise me that you will bear with him and get his rights for him. I think you would, if you knew all; and it would be a weight off my mind if you would promise."

schütte mir dein Herz aus, und ich bezweifle nicht, dass ich dir da heraushelfen kann.«

»Mein guter Utterson«, sagte der Doktor, »das ist sehr gütig von dir, es ist ausgesprochen gütig von dir, und ich finde keine Worte, dir zu danken. Ich glaube dir vollkommen, und ich würde dir mehr vertrauen als jedem anderen Menschen auf der Welt, ja, sogar mehr als mir selbst, wenn ich die Wahl hätte. Allerdings ist es nicht das, was du dir vorstellst, so schlimm ist es nicht, und nur um dein gutes Herz zu beruhigen, will ich dir eines sagen: Sobald ich es will, kann ich mir Mr. Hyde vom Hals schaffen. Darauf gebe ich dir meine Hand und danke dir nochmals. Und nun noch ein Wörtchen, Utterson, das du mir sicherlich nicht übel nehmen wirst: Das ist eine persönliche Angelegenheit, und ich bitte dich, sie ruhen zu lassen.«

Utterson sah in das Kaminfeuer und überlegte eine Weile.

»Ich bin überzeugt, dass du vollkommen recht hast«, sagte er schließlich und stand auf.

»Schön, aber da wir nun einmal auf diese Geschichte gekommen sind, und hoffentlich zum letzten Mal«, fuhr der Doktor fort, »gibt es noch einen Punkt, von dem ich möchte, dass du ihn verstehst. Ich interessiere mich wirklich sehr für den armen Hyde. Ich weiß, dass du ihn gesehen hast, er hat es mir erzählt, und ich fürchte, er war unhöflich. Aber ich habe wirklich ein großes, ein sehr großes Interesse an dem jungen Mann, und wenn ich einmal nicht mehr bin, Utterson, so musst du mir versprechen, dass du Nachsicht mit ihm üben und ihm zu seinem Recht verhelfen wirst. Ich bin überzeugt, du würdest das tun,

"I can't pretend that I shall ever like him," said the lawyer.

"I don't ask that," pleaded Jekyll, laying his hand upon the other's arm; "I only ask for justice; I only ask you to help him for my sake, when I am no longer here."

Utterson heaved an irrepressible sigh. "Well," said he. "I promise."

wenn du alles wüsstest, und mir würde ein Stein vom Herzen fallen, wenn du mir dies versprechen wolltest.«

»Ich kann nicht behaupten, dass ich ihn je mögen werde«, sagte der Anwalt.

»Das verlange ich auch nicht«, sagte Jekyll bittend und legte seine Hand auf des anderen Arm. »Ich verlange nur Gerechtigkeit. Ich bitte dich nur, ihm um meinetwillen zu helfen, wenn ich nicht mehr bin.«

Utterson stieß einen tiefen Seufzer aus. »Gut«, sagte er, »ich verspreche es.«

THE CAREW MURDER CASE.

Nearly a year later, in the month of October 18—, London was startled by a crime of singular ferocity and rendered all the more notable by the high position of the victim. The details were few and startling. A maid servant living alone in a house not far from the river, had gone upstairs to bed about eleven. Although a fog rolled over the city in the small hours, the early part of the night was cloudless, and the lane, which the maid's window overlooked, was brilliantly lit by the full moon. It seems she was romantically given, for she sat down upon her box, which stood immediately under the window, and fell into a dream of musing. Never (she used to say, with streaming tears, when she narrated that experience) never had she felt more at peace with all men or thought more kindly of the world. And as she so sat she became aware of an aged and beautiful gentleman with white hair, drawing near along the lane; and advancing to meet him, another and very small gentleman, to whom at first she paid less attention. When they had come within speech (which was just under the maid's eyes) the older man bowed and accosted the other with a very pretty manner of politeness. It did not seem as if the subject of his address were of great importance; indeed, from his pointing, it sometimes appeared

Der Mordfall Carew

Fast ein Jahr später, im Oktober 18.., wurde London durch ein Verbrechen von einzigartiger Grausamkeit aufgeschreckt, das sich durch die hohe Stellung des Opfers als noch denkwürdiger erwies. Die Einzelheiten waren spärlich und bestürzend. Ein Dienstmädchen, das allein in einem Haus unweit der Themse wohnte, war gegen elf Uhr in sein Schlafzimmer hinaufgegangen. Obwohl sich in den frühen Morgenstunden dichter Nebel über die Stadt legte, war es in den ersten Nachtstunden wolkenlos, und die Gasse, auf die das Fenster des Mädchens hinabblickte, war vom Vollmond hell erleuchtet. Anscheinend war sie romantisch veranlagt, denn sie setzte sich auf ihr Klappbett, das unmittelbar unter dem Fenster stand, und verfiel ins Träumen. Niemals (so sagte sie später jedes Mal, wenn sie tränenüberströmt von diesem Erlebnis erzählte), niemals habe sie sich so im Frieden mit allen Menschen gefühlt oder besser von der Welt gedacht. Und als sie so dasaß, bemerkte sie einen schönen alten Herrn mit weißem Haar, der sich ihr durch die Gasse näherte; ihm entgegen kam ein anderer, sehr kleiner Herr, auf den sie zunächst weniger achtete. Als die beiden in Hörweite voneinander gekommen waren (was unmittelbar unter den Augen des Mädchens geschah), verbeugte sich der ältere Mann und sprach den anderen auf sehr liebenswürdige und höfliche Weise an. Es hatte nicht den Anschein, als wäre der Gegenstand seiner Frage von großer Bedeutung, nach seinen Handbewegungen zu urteilen schien er tat-

as if he were only inquiring his way; but the moon shone on his face as he spoke, and the girl was pleased to watch it, it seemed to breathe such an innocent and old-world kindness of disposition, yet with something high too, as of a well-founded self-content. Presently her eye wandered to the other, and she was surprised to recognise in him a certain Mr. Hyde, who had once visited her master and for whom she had conceived a dislike. He had in his hand a heavy cane, with which he was trifling; but he answered never a word, and seemed to listen with an ill-contained impatience. And then all of a sudden he broke out in a great flame of anger, stamping with his foot, brandishing the cane, and carrying on (as the maid described it) like a madman. The old gentleman took a step back, with the air of one very much surprised and a trifle hurt; and at that Mr. Hyde broke out of all bounds and clubbed him to the earth. And next moment, with ape-like fury, he was trampling his victim under foot, and hailing down a storm of blows, under which the bones were audibly shattered and the body jumped upon the roadway. At the horror of these sights and sounds, the maid fainted.

It was two o'clock when she came to herself and called for the police. The murderer was gone long ago; but there lay his victim in the middle of the lane, incredibly mangled. The stick with which the deed had been done, although it was of some rare and

sächlich nur nach dem Weg zu fragen. Aber der Mond beschien sein Gesicht, als er sprach, und das Mädchen hatte seine Freude daran, es zu betrachten, denn es strahlte eine so unschuldige und altmodische Herzensgüte aus, hatte zugleich aber auch etwas Stolzes, gleichsam als Ausdruck wohlbegründeter Selbstzufriedenheit. Dann fiel ihr Blick auf den anderen, und sie war überrascht, in ihm einen gewissen Mr. Hyde zu erkennen, der einmal ihren Herrn besucht und gegen den sie eine große Abneigung empfunden hatte. Er hielt einen schweren Stock in der Hand, mit dem er herumfuchtelte, antwortete jedoch mit keiner Silbe und schien mit schlecht verhohlener Ungeduld zuzuhören. Und dann, ganz plötzlich, brach er in flammenden Zorn aus, stampfte mit dem Fuß auf, schwang den Stock und gebärdete sich (so beschrieb es das Mädchen) wie ein Wahnsinniger. Der alte Herr trat mit höchst überraschter und leicht gekränkter Miene einen Schritt zurück, woraufhin Mr. Hyde alle Selbstbeherrschung verlor und ihn mit seinem Stock zu Boden schlug. Im nächsten Augenblick trampelte er mit affenartiger Wut auf seinem Opfer herum und ließ einen Hagel von Schlägen auf ihn niederprasseln, unter denen die Knochen hörbar zerbrachen und der Körper auf der Straße auf und ab schnellte. Bei diesem entsetzlichen Anblick und den furchtbaren Geräuschen wurde das Mädchen ohnmächtig.

Es war zwei Uhr, als sie wieder zu sich kam und die Polizei rief. Der Mörder war längst verschwunden, aber sein Opfer lag schrecklich zugerichtet in der Mitte der Gasse. Der Stock, mit dem die Tat begangen worden war, obgleich aus einem seltenen, sehr zähen und schweren

very tough and heavy wood, had broken in the middle under the stress of this insensate cruelty; and one splintered half had rolled in the neighbouring gutter—the other, without doubt, had been carried away by the murderer. A purse and a gold watch were found upon the victim; but no cards or papers, except a sealed and stamped envelope, which he had been probably carrying to the post, and which bore the name and address of Mr. Utterson.

This was brought to the lawyer the next morning, before he was out of bed; and he had no sooner seen it, and been told the circumstances, than he shot out a solemn lip. "I shall say nothing till I have seen the body," said he; "this may be very serious. Have the kindness to wait while I dress." And with the same grave countenance he hurried through his breakfast and drove to the police station, whither the body had been carried. As soon as he came into the cell, he nodded.

"Yes," said he, "I recognise him. I am sorry to say that this is Sir Danvers Carew."

"Good God, sir," exclaimed the officer, "is it possible?" And the next moment his eye lighted up with professional ambition. "This will make a deal of noise," he said. "And perhaps you can help us to the man." And he briefly narrated what the maid had seen, and showed the broken stick.

Mr. Utterson had already quailed at the name of Hyde; but when the stick was laid before him, he could doubt no longer: broken and battered as it

Holz, war unter der Wucht dieser besinnungslosen Grausamkeit in der Mitte zerbrochen, und die eine zersplitterte Hälfte war in den nahen Rinnstein gerollt – die andere hatte der Mörder zweifellos mitgenommen. Eine Geldbörse und eine goldene Uhr wurden bei dem Opfer gefunden, aber weder Visitenkarten noch andere Papiere, außer einem versiegelten und frankierten Brief, den er wahrscheinlich zur Post hatte bringen wollen, und der Namen und Adresse von Mr. Utterson trug.

Dieser wurde am nächsten Morgen dem Anwalt gebracht, noch bevor er aufgestanden war, und sobald er ihn gesehen und die näheren Umstände erfahren hatte, machte er ein ernstes Gesicht. »Ich werde nichts sagen, bis ich die Leiche gesehen habe«, sagte er, »wahrscheinlich ist dies sehr ernst. Bitte seien Sie so freundlich, zu warten, während ich mich ankleide.« Mit derselben ernsten Miene frühstückte er hastig und fuhr dann zu der Polizeiwache, wohin die Leiche gebracht worden war. Sobald er die Zelle betrat, nickte er.

»Ja«, sagte er, »ich erkenne ihn. Ich muss leider sagen, dass dies Sir Danvers Carew ist.«

»Großer Gott, Sir«, rief der Beamte, »ist das möglich?« Im nächsten Augenblick blitzte beruflicher Ehrgeiz in seinen Augen auf. »Das wird viel Aufsehen erregen«, sagte er. »Und vielleicht können Sie uns helfen, den Mann zu fassen.« Und er berichtete kurz, was das Mädchen gesehen hatte, und zeigte den zerbrochenen Stock.

Utterson war bereits zusammengezuckt, als er den Namen Hyde gehört hatte, doch als ihm der Stock vorgelegt wurde, konnte er nicht länger zweifeln: Zerbrochen und

was, he recognised it for one that he had himself presented many years before to Henry Jekyll.

"Is this Mr. Hyde a person of small stature?" he inquired.

"Particularly small and particularly wicked-looking, is what the maid calls him," said the officer.

Mr. Utterson reflected; and then, raising his head, "If you will come with me in my cab," he said, "I think I can take you to his house."

It was by this time about nine in the morning, and the first fog of the season. A great chocolate-coloured pall lowered over heaven, but the wind was continually charging and routing these embattled vapours; so that as the cab crawled from street to street, Mr. Utterson beheld a marvellous number of degrees and hues of twilight; for here it would be dark like the back-end of evening; and there would be a glow of a rich, lurid brown, like the light of some strange conflagration; and here, for a moment, the fog would be quite broken up, and a haggard shaft of daylight would glance in between the swirling wreaths. The dismal quarter of Soho seen under these changing glimpses, with its muddy ways, and slatternly passengers, and its lamps, which had never been extinguished or had been kindled afresh to combat this mournful reinvasion of darkness, seemed, in the lawyer's eyes, like a district of some city in a nightmare. The

zersplittert wie er war, erkannte er in ihm sofort einen Stock wieder, den er selbst vor vielen Jahren Henry Jekyll geschenkt hatte.

»Ist dieser Mr. Hyde ein Mann von kleinem Wuchs?«, fragte er.

»Auffallend klein und auffallend bösartig aussehend, so beschreibt ihn das Mädchen«, sagte der Beamte.

Mr. Utterson überlegte, dann hob er den Kopf und sagte: »Wenn Sie mich in meiner Droschke begleiten wollen, so kann ich Sie, glaube ich, zu seiner Wohnung bringen.«

Es war inzwischen etwa neun Uhr morgens und der erste Nebel dieser Jahreszeit lag über der Stadt. Eine große, schokoladenbraune Dunstglocke verfinsterte den Himmel, aber der Wind ritt fortwährend Angriffe auf die wogenden Schwaden, sodass Mr. Utterson, während der Wagen langsam von Straße zu Straße fuhr, eine erstaunliche Anzahl von Abstufungen und Schattierungen des Zwielichts beobachten konnte. Hier war es dunkel wie am späten Abend, dort leuchtete ein kräftiges, grelles Braun wie der Schein eines eigenartigen Feuersturms. Dann wieder löste sich für einen Augenblick der Nebel ganz auf und ein matter Streifen Tageslicht schimmerte durch die wirbelnden Nebelschwaden hindurch. Das elende Viertel von Soho mit seinen schmutzigen Straßen und schlampigen Passanten, seinen Laternen, die gar nicht erst gelöscht oder bereits wieder angezündet worden waren, um den trostlosen neuerlichen Einbruch der Finsternis zu bekämpfen, erschien dem Anwalt unter diesen wechselhaften Eindrücken wie ein Stadtviertel aus einem Alptraum.

thoughts of his mind, besides, were of the gloomiest dye; and when he glanced at the companion of his drive, he was conscious of some touch of that terror of the law and the law's officers, which may at times assail the most honest.

As the cab drew up before the address indicated, the fog lifted a little and showed him a dingy street, a gin palace, a low French eating house, a shop for the retail of penny numbers and twopenny salads, many ragged children huddled in the doorways, and many women of many different nationalities passing out, key in hand, to have a morning glass; and the next moment the fog settled down again upon that part, as brown as umber, and cut him off from his blackguardly surroundings. This was the home of Henry Jekyll's favourite; of a man who was heir to quarter of a million sterling.

An ivory-faced and silvery-haired old woman opened the door. She had an evil face, smoothed by hypocrisy; but her manners were excellent. Yes, she said, this was Mr. Hyde's, but he was not at home; he had been in that night very late, but had gone away again in less than an hour; there was nothing strange in that; his habits were very irregular, and he was often absent; for instance, it was nearly two months since she had seen him till yesterday.

Auch sonst gingen ihm die düstersten Gedanken durch den Kopf, und wenn er einen Blick auf seinen Fahrtgenossen warf, empfand er etwas von jener Furcht vor dem Gesetz und den Vollstreckern des Gesetzes, die zuweilen auch den Ehrenhaftesten überfällt.

Als die Droschke vor der angegebenen Adresse hielt, lichtete sich der Nebel ein wenig und gab den Blick frei auf eine schmutzige Straße, einen Schnapspalast, ein billiges französisches Lokal, einen Laden für Groschenheftchen und Zwei-Penny-Salate, viele zerlumpte, in Hauseingängen zusammengekauerte Kinder, und viele Frauen verschiedenster Nationalitäten, die mit dem Schlüssel in der Hand heraustraten, um einen Morgenschnaps zu trinken. Im nächsten Augenblick senkte sich der Nebel wieder bernsteinbraun auf diese Gegend herab und schnitt ihn von seiner schäbigen Umgebung ab. Dies war das Zuhause von Henry Jekylls Günstling – eines Mannes, der Erbe einer Viertelmillion Pfund Sterling war.

Eine alte Frau mit einem Gesicht wie aus Elfenbein und silberhellem Haar öffnete die Tür. Sie hatte einen bösartigen Gesichtsausdruck, gemildert durch Heuchelei, aber ihr Benehmen war tadellos. Ja, sagte sie, dies sei Mr. Hydes Wohnung, aber er sei nicht zu Hause; er sei heute Nacht sehr spät nach Hause gekommen, aber schon nach einer knappen Stunde wieder fortgegangen. Daran sei nichts Ungewöhnliches, denn er habe sehr unregelmäßige Gewohnheiten und sei oft außer Haus. Gestern zum Beispiel habe sie ihn nach fast zwei Monaten zum ersten Mal wieder gesehen.

"Very well then, we wish to see his rooms," said the lawyer; and when the woman began to declare it was impossible, "I had better tell you who this person is," he added. "This is Inspector Newcomen of Scotland Yard."

A flash of odious joy appeared upon the woman's face. "Ah!" said she, "he is in trouble! What has he done?"

Mr. Utterson and the inspector exchanged glances. "He don't seem a very popular character," observed the latter. "And now, my good woman, just let me and this gentleman have a look about us."

In the whole extent of the house, which but for the old woman remained otherwise empty, Mr. Hyde had only used a couple of rooms; but these were furnished with luxury and good taste. A closet was filled with wine; the plate was of silver, the napery elegant; a good picture hung upon the walls, a gift (as Utterson supposed) from Henry Jekyll, who was much of a connoisseur; and the carpets were of many plies and agreeable in colour. At this moment, however, the rooms bore every mark of having been recently and hurriedly ransacked; clothes lay about the floor, with their pockets inside out; lockfast drawers stood open; and on the hearth there lay a pile of gray ashes, as though many papers had been burned. From these embers the inspector disinterred the butt end of a green cheque book, which had resisted

»Nun gut. Wir möchten seine Zimmer sehen«, sagte der Anwalt, und als die Frau zu erklären begann, dass dies unmöglich sei, fügte er hinzu: »Ich hätte Ihnen besser gleich gesagt, wer der Herr hier ist. Das ist Inspektor Newcomen von Scotland Yard.«

Ein Funken Schadenfreude zeigte sich auf dem Gesicht der Frau. »Ah!«, sagte sie, »er steckt in Schwierigkeiten! Was hat er getan?«

Mr. Utterson und der Inspektor wechselten einen Blick. »Er scheint nicht sehr beliebt zu sein«, bemerkte der Letztere. »Und nun, gute Frau, gestatten Sie mir und diesem Herrn, dass wir uns umsehen.«

In dem ganzen Gebäude, das abgesehen von der alten Frau völlig unbewohnt war, hatte Mr. Hyde nur einige wenige Zimmer benutzt, aber diese waren luxuriös und geschmackvoll eingerichtet. Ein Wandschrank war mit Wein gefüllt, das Essgeschirr war aus Silber, die Tischwäsche elegant. An einer der Wände hing ein Gemälde von ausgesuchtem Wert, ein Geschenk (wie Utterson vermutete) von Henry Jekyll, der ein großer Kunstkenner war. Die Teppiche waren üppig und hatten ansprechende Farben. Im Augenblick aber deutete in den Zimmern alles darauf hin, dass sie kurz zuvor in großer Hast durchwühlt worden waren. Auf dem Boden lagen Kleider herum, deren Taschen nach außen gekehrt waren, abschließbare Schubladen standen offen, und im Kamin lag ein Haufen grauer Asche, als ob zahlreiche Papiere verbrannt worden wären. Aus dieser Asche zog der Inspektor den Rücken eines grünen Scheckbuchs hervor, der dem Feuer wider-

the action of the fire; the other half of the stick was found behind the door; and as this clinched his suspicions, the officer declared himself delighted. A visit to the bank, where several thousand pounds were found to be lying to the murderer's credit, completed his gratification.

"You may depend upon it, sir," he told Mr. Utterson: "I have him in my hand. He must have lost his head, or he never would have left the stick or, above all, burned the cheque book. Why, money's life to the man. We have nothing to do but wait for him at the bank, and get out the handbills."

This last, however, was not so easy of accomplishment; for Mr. Hyde had numbered few familiars—even the master of the servant maid had only seen him twice; his family could nowhere be traced; he had never been photographed; and the few who could describe him differed widely, as common observers will. Only on one point, were they agreed; and that was the haunting sense of unexpressed deformity with which the fugitive impressed his beholders.

standen hatte. Hinter der Tür wurde die andere Hälfte des Stockes gefunden, und da dies seinen Verdacht bestätigte, zeigte sich der Beamte äußerst zufrieden. Ein Besuch bei der Bank, wo, wie sich herausstellte, der Mörder über ein Guthaben von mehreren tausend Pfund verfügte, machte seine Zufriedenheit vollkommen.

»Sie können sich darauf verlassen, Sir«, sagte er zu Mr. Utterson, »ich habe ihn in der Hand. Er muss den Kopf verloren haben, sonst hätte er nie den Stock hiergelassen oder gar das Scheckbuch verbrannt. Aber für den Mann bedeutet Geld Leben. Wir brauchen nichts weiter zu tun, als in der Bank auf ihn zu warten und seinen Steckbrief zu veröffentlichen.«

Letzteres war jedoch gar nicht so einfach, denn Mr. Hyde hatte nur wenige Bekannte – sogar der Herr des Dienstmädchens hatte ihn nur zweimal gesehen. Seine Angehörigen konnten nirgends aufgespürt werden, er hatte sich nie fotografieren lassen, und die wenigen, die ihn beschreiben konnten, wichen in ihren Beschreibungen weit voneinander ab, wie es bei Zeugen nun mal der Fall ist. Nur in einem Punkt stimmten sie überein, nämlich in dem unheimlichen Eindruck einer unerklärlichen Missbildung, den der Flüchtige bei jedem, der ihn sah, hervorrief.

INCIDENT OF THE LETTER.

It was late in the afternoon, when Mr. Utterson found his way to Dr. Jekyll's door, where he was at once admitted by Poole, and carried down by the kitchen offices and across a yard which had once been a garden, to the building which was indifferently known as the laboratory or the dissecting rooms. The doctor had bought the house from the heirs of a celebrated surgeon; and his own tastes being rather chemical than anatomical, had changed the destination of the block at the bottom of the garden. It was the first time that the lawyer had been received in that part of his friend's quarters; and he eyed the dingy windowless structure with curiosity, and gazed round with a distasteful sense of strangeness as he crossed the theatre, once crowded with eager students and now lying gaunt and silent, the tables laden with chemical apparatus, the floor strewn with crates and littered with packing straw, and the light falling dimly through the foggy cupola. At the further end, a flight of stairs mounted to a door covered with red baize; and through this, Mr. Utterson was at last received into the doctor's cabinet. It was a large room, fitted round with glass presses, furnished, among other things, with a cheval-glass and a business table, and looking out upon the court by three dusty windows barred with iron. The fire

Die Sache mit dem Brief

Es war spät am Nachmittag, als Mr. Utterson vor Dr. Jekylls Haustür eintraf, wo er von Poole sogleich eingelassen und durch die Küchenräume und quer über einen Hof, der früher einmal ein Garten gewesen war, zu dem Gebäude geführt wurde, das gemeinhin als Laboratorium oder Seziersaal bezeichnet wurde. Der Doktor hatte das Haus von den Erben eines berühmten Chirurgen gekauft, und da seine eigenen Neigungen mehr der Chemie als der Anatomie galten, hatte er die Bestimmung des Gebäudes am Ende des Gartens geändert. Es war das erste Mal, dass der Anwalt in diesem Teil des Hauses seines Freundes empfangen wurde, und er betrachtete den schäbigen, fensterlosen Bau voller Neugier und blickte mit einem unbehaglichen Gefühl der Befremdung um sich, als er durch den Hörsaal schritt, in dem sich früher fleißige Studenten gedrängt hatten und der nun stumm und öde dalag, die Tische beladen mit chemischen Apparaten, der Fußboden übersät mit Kisten und Packstroh, während das Licht schwach durch die trübe Kuppel fiel. Am anderen Ende führte eine Treppe zu einer mit rotem Fries bezogenen Tür hinauf, und durch diese gelangte Mr. Utterson endlich in das Arbeitszimmer des Doktors. Es war ein großer Raum mit eingebauten Glasschränken ringsherum, ausgestattet unter anderem mit einem Drehspiegel und einem Schreibtisch. Drei staubige, vergitterte Fenster blickten auf den Hof. Im Kamin brannte ein Feuer, auf dem Kaminsims stand eine angezündete Lampe, denn selbst in

burned in the grate; a lamp was set lighted on the chimney shelf, for even in the houses the fog began to lie thickly; and there, close up to the warmth, sat Dr. Jekyll, looking deadly sick. He did not rise to meet his visitor, but held out a cold hand and bade him welcome in a changed voice.

"And now," said Mr. Utterson, as soon as Poole had left them, "you have heard the news?"

The doctor shuddered. "They were crying it in the square," he said. "I heard them in my dining room."

"One word," said the lawyer. "Carew was my client, but so are you, and I want to know what I am doing. You have not been mad enough to hide this fellow?"

"Utterson, I swear to God," cried the doctor, "I swear to God I will never set eyes on him again. I bind my honour to you that I am done with him in this world. It is all at an end. And indeed he does not want my help; you do not know him as I do; he is safe, he is quite safe; mark my words, he will never more be heard of."

The lawyer listened gloomily; he did not like his friend's feverish manner. "You seem pretty sure of him," said he; "and for your sake, I hope you may be right. If it came to a trial, your name might appear."

"I am quite sure of him," replied Jekyll; "I have grounds for certainty that I cannot share with any-

den Häusern machte sich dichter Nebel breit. Und dort, nahe am wärmenden Feuer, saß Dr. Jekyll und sah todkrank aus. Er stand nicht auf, um seinem Besucher entgegenzugehen, sondern streckte ihm nur eine kalte Hand entgegen und begrüßte ihn mit vollkommen veränderter Stimme.

»Nun«, sagte Mr. Utterson, sobald Poole sie allein gelassen hatte, »hast du die Neuigkeit gehört?«

Der Doktor schauderte. »Sie haben es im ganzen Viertel ausgerufen«, sagte er. »Ich hörte sie sogar in meinem Speisezimmer.«

»Ein Wort nur«, sagte der Anwalt. »Carew war mein Klient, und du bist es auch, und ich muss wissen, was ich tun soll. Du bist doch nicht so wahnsinnig gewesen, diesen Kerl zu verstecken?«

»Utterson, ich schwöre bei Gott«, rief der Doktor, »ich schwöre bei Gott, dass ich ihn nie wieder sehen will. Ich gebe dir mein Ehrenwort, dass ich fertig mit ihm bin auf dieser Welt. Es ist alles aus. Und er hat meine Hilfe auch gar nicht mehr nötig. Du kennst ihn nicht so wie ich; er ist in Sicherheit, völlig in Sicherheit. Merke dir meine Worte: Man wird nie wieder von ihm hören.«

Der Anwalt hörte ihm sorgenvoll zu, das fieberhafte Wesen seines Freundes gefiel ihm nicht. »Du scheinst dir seiner ziemlich sicher zu sein«, sagte er dann, »und um deinetwillen hoffe ich, dass du recht hast. Wenn es zu einer Gerichtsverhandlung käme, könnte dein Name auftauchen.«

»Ich bin mir seiner vollkommen sicher«, entgegnete Jekyll, »ich habe für meine Gewissheit bestimmte Gründe,

one. But there is one thing on which you may advise me. I have—I have received a letter; and I am at a loss whether I should show it to the police. I should like to leave it in your hands, Utterson; you would judge wisely I am sure; I have so great a trust in you."

"You fear, I suppose, that it might lead to his detection?" asked the lawyer.
"No," said the other. "I cannot say that I care what becomes of Hyde; I am quite done with him. I was thinking of my own character, which this hateful business has rather exposed."

Utterson ruminated awhile; he was surprised at his friend's selfishness, and yet relieved by it. "Well," said he, at last, "let me see the letter."

The letter was written in an odd, upright hand and signed "Edward Hyde": and it signified, briefly enough, that the writer's benefactor, Dr. Jekyll, whom he had long so unworthily repaid for a thousand generosities, need labour under no alarm for his safety as he had means of escape on which he placed a sure dependence. The lawyer liked this letter well enough; it put a better colour on the intimacy than he had looked for; and he blamed himself for some of his past suspicions.

"Have you the envelope?" he asked.

die ich allerdings niemandem mitteilen kann. Aber es gibt eine Sache, in der du mir vielleicht einen Rat geben kannst. Ich habe ... ich habe einen Brief erhalten, und ich weiß nicht, ob ich ihn der Polizei zeigen soll. Ich möchte ihn gerne dir anvertrauen, Utterson. Ich bin sicher, du wirst die richtige Entscheidung treffen, ich habe größtes Vertrauen zu dir.«

»Ich vermute, du fürchtest, dass der Brief zu seiner Entdeckung führen könnte?«, fragte der Anwalt.

»Nein«, entgegnete der andere. »Ich kann nicht sagen, dass ich mich darum sorge, was aus Hyde wird. Mit ihm bin ich ganz und gar fertig. Ich dachte eher an meinen eigenen Ruf, den diese abscheuliche Geschichte nun ziemlich gefährdet.«

Utterson dachte eine Weile nach. Er war überrascht von dem Egoismus seines Freundes und zugleich erleichtert darüber. »Gut«, sagte er endlich, »lass mich den Brief sehen.«

Der Brief war in einer seltsam steilen Handschrift geschrieben und mit »Edward Hyde« unterzeichnet. Er besagte in wenigen Worten, dass der Gönner des Schreibers, Dr. Jekyll, dem er seine tausend Wohltaten lange Zeit in so unwürdiger Weise vergolten habe, sich um seine Sicherheit nicht zu sorgen brauche, da er über Mittel zur Flucht verfüge, auf die er sich unbedingt verlassen könne. Dem Anwalt gefiel der Brief recht gut, denn er ließ diese Freundschaft in einem besseren Licht erscheinen, als er angenommen hatte, und er machte sich Vorwürfe wegen seines früheren Argwohns.

»Hast du den Umschlag?«, fragte er.

"I burned it," replied Jekyll, "before I thought what I was about. But it bore no postmark. The note was handed in."

"Shall I keep this and sleep upon it?" asked Utterson.

"I wish you to judge for me entirely," was the reply. "I have lost confidence in myself."

"Well, I shall consider," returned the lawyer. "And now one word more: it was Hyde who dictated the terms in your will about that disappearance?"

The doctor seemed seized with a qualm of faintness; he shut his mouth tight and nodded.

"I knew it," said Utterson. "He meant to murder you. You have had a fine escape."

"I have had what is far more to the purpose," returned the doctor solemnly: "I have had a lesson—O God, Utterson, what a lesson I have had!" And he covered his face for a moment with his hands.

On his way out, the lawyer stopped and had a word or two with Poole. "By the by," said he "there was a letter handed in to-day: what was the messenger like?" But Poole was positive nothing had come except by post; "and only circulars by that," he added.

This news sent off the visitor with his fears renewed. Plainly the letter had come by the laboratory door; possibly, indeed, it had been written

»Ich habe ihn verbrannt«, erwiderte Jekyll, »ohne mir zu überlegen, was ich tat. Aber er trug keinen Poststempel. Der Brief wurde abgegeben.«

»Soll ich ihn behalten und die Sache erst einmal überschlafen?«, fragte Utterson.

»Ich möchte, dass du ganz und gar für mich entscheidest«, lautete die Antwort. »Ich habe jedes Selbstvertrauen verloren.«

»Gut, ich werde darüber nachdenken«, entgegnete der Anwalt. »Und jetzt nur noch ein Wort: War es Hyde, der die Verfügungen in deinem Testament für den Fall deines Verschwindens diktierte?«

Der Doktor schien einer Ohnmacht nahe, er presste die Lippen zusammen und nickte.

»Ich wusste es«, sagte Utterson. »Er wollte dich ermorden. Du bist noch einmal glücklich davongekommen.«

»Die Sache hat noch einen viel wichtigeren Zweck erfüllt«, entgegnete der Doktor ernst. »Sie hat mir eine Lehre erteilt – o Gott, Utterson, was für eine Lehre!« Und er bedeckte für einen Augenblick sein Gesicht mit den Händen.

Beim Hinausgehen blieb der Anwalt stehen und wechselte einige Worte mit Poole. »Ach, übrigens«, begann er, »heute wurde doch ein Brief abgegeben. Wie sah der Bote aus?« Aber Poole war sich ganz sicher, dass nichts gekommen sei außer der Post. »Und das waren nur Drucksachen«, fügte er hinzu.

Diese Auskunft weckte bei dem Besucher neue Befürchtungen. Offenbar war der Brief an der Laboratoriumstür abgegeben worden, möglicherweise war er sogar

in the cabinet; and if that were so, it must be differently judged, and handled with the more caution. The newsboys, as he went, were crying themselves hoarse along the footways: "Special edition. Shocking murder of an M.P." That was the funeral oration of one friend and client; and he could not help a certain apprehension lest the good name of another should be sucked down in the eddy of the scandal. It was, at least, a ticklish decision that he had to make; and self-reliant as he was by habit, he began to cherish a longing for advice. It was not to be had directly; but perhaps, he thought, it might be fished for.

Presently after, he sat on one side of his own hearth, with Mr. Guest, his head clerk, upon the other, and midway between, at a nicely calculated distance from the fire, a bottle of a particular old wine that had long dwelt unsunned in the foundations of his house. The fog still slept on the wing above the drowned city, where the lamps glimmered like carbuncles; and through the muffle and smother of these fallen clouds, the procession of the town's life was still rolling in through the great arteries with a sound as of a mighty wind. But the room was gay with firelight. In the bottle the acids were long ago resolved; the imperial dye had softened with time, as the colour grows richer in stained windows; and the glow of hot autumn afternoons on hillside vineyards, was ready to be

im Arbeitszimmer geschrieben worden. Und wenn dies der Fall war, dann musste er ganz anders beurteilt und mit noch mehr Vorsicht behandelt werden. Als er fortging, schrien sich die Zeitungsjungen auf den Bürgersteigen heiser: »Extrablatt! Abscheulicher Mord an Parlamentsmitglied!« Das war der Nachruf auf seinen Freund und Klienten, und er konnte sich einer gewissen Befürchtung nicht erwehren, dass der gute Name eines anderen in den Wirbel dieses Skandals hineingezogen würde. Jedenfalls hatte er eine heikle Entscheidung zu treffen, und obwohl er für gewöhnlich selbstsicher genug war, begann er sich nach Rat zu sehnen. Er konnte direkt zwar niemanden fragen, aber vielleicht, dachte er, ging es auf Umwegen.

Bald darauf saß er an der einen Seite seines Kamins, an der anderen saß Mr. Guest, sein Kanzleivorsteher, und zwischen ihnen, in wohlberechneter Entfernung vom Feuer, stand eine Flasche eines besonderen alten Weines, der lange im Dunkel seines Kellers gelegen hatte. Der Nebel breitete noch immer seine Schwingen über die versunkene Stadt, in der die Laternen gleich Karfunkeln glitzerten, und unter dem Dunst und Dickicht seiner herabsinkenden Wolken rollte durch die großen Hauptverkehrsadern mit dem Brausen eines mächtigen Windes unaufhörlich die Prozession großstädtischen Lebens. Aber das Zimmer war vom Kaminfeuer erhellt. Die Säure in der Flasche war längst verflogen, die Purpurfarbe des Weins war mit der Zeit weicher geworden, wie die satter werdenden Farben bemalter Glasfenster, und die Glut heißer Herbstnachmittage in den Weinbergen wartete nur

set free and to disperse the fogs of London. Insensibly the lawyer melted. There was no man from whom he kept fewer secrets than Mr. Guest; and he was not always sure that he kept as many as he meant. Guest had often been on business to the doctor's; he knew Poole; he could scarce have failed to hear of Mr. Hyde's familiarity about the house; he might draw conclusions: was it not as well, then, that he should see a letter which put that mystery to rights? and above all since Guest, being a great student and critic of handwriting, would consider the step natural and obliging? The clerk, besides, was a man of counsel; he would scarce read so strange a document without dropping a remark; and by that remark Mr. Utterson might shape his future course.

"This is a sad business about Sir Danvers," he said.

"Yes, sir, indeed. It has elicited a great deal of public feeling," returned Guest. "The man, of course, was mad."

"I should like to hear your views on that," replied Utterson. "I have a document here in his handwriting; it is between ourselves, for I scarce know what to do about it; it is an ugly business at the best. But there it is; quite in your way: a murderer's autograph."

darauf, freigelassen zu werden, um die Nebel Londons zu vertreiben. Unmerklich taute der Anwalt auf. Es gab keinen Menschen, vor dem er weniger Geheimnisse bewahrte als vor Mr. Guest, und er bezweifelte manchmal, dass er so viele vor ihm bewahrte, wie er beabsichtigte. Guest war oft geschäftlich beim Doktor gewesen, er kannte Poole. Es war kaum anzunehmen, dass er nichts von Mr. Hydes guten Beziehungen zu dem Haus gehört haben sollte. Er zog vielleicht seine Schlüsse daraus – sollte er da nicht ebenso gut einen Brief sehen, der dieses Geheimnis ins rechte Licht rückte? Und vor allem: Würde Guest als großem Kenner und Gutachter von Handschriften dieser Schritt nicht ganz natürlich und schmeichelhaft vorkommen? Außerdem war der Vorsteher ein Mann, der gern einen Rat gab. Er würde ein so merkwürdiges Schriftstück wohl kaum lesen, ohne irgendeine Bemerkung fallen zu lassen, und aufgrund dieser Bemerkung konnte Utterson vielleicht seinen weiteren Kurs bestimmen.

»Das ist eine traurige Sache mit Sir Danvers«, sagte er.

»Ja, Sir, allerdings. Sie hat in der Öffentlichkeit große Anteilnahme geweckt«, antwortete Guest. »Der Mann war natürlich verrückt.«

»Ich würde gerne Ihre Meinung darüber hören«, erwiderte Utterson. »Ich habe hier ein Dokument in seiner Handschrift. Es bleibt natürlich unter uns, denn ich weiß noch nicht, was ich machen soll. Auf alle Fälle ist es eine schlimme Sache. Aber hier ist es – das ist doch etwas für Sie: die Handschrift eines Mörders.«

Guest's eyes brightened, and he sat down at once and studied it with passion. "No, sir," he said; "not mad; but it is an odd hand."

"And by all accounts a very odd writer," added the lawyer.

Just then the servant entered with a note.

"Is that from Dr. Jekyll, sir?" inquired the clerk. "I thought I knew the writing. Anything private, Mr. Utterson?"

"Only an invitation to dinner. Why? do you want to see it?"

"One moment. I thank you, sir;" and the clerk laid the two sheets of paper alongside and sedulously compared their contents. "Thank you, sir," he said at last, returning both; "it's a very interesting autograph."

There was a pause, during which Mr. Utterson struggled with himself. "Why did you compare them, Guest?" he inquired suddenly.

"Well, sir," returned the clerk, "there's a rather singular resemblance; the two hands are in many points identical: only differently sloped."

"Rather quaint," said Utterson.

"It is, as you say, rather quaint," returned Guest.

"I wouldn't speak of this note, you know," said the master.

"No, sir," said the clerk. "I understand."

Guests Augen leuchteten auf, und er setzte sich augenblicklich hin und studierte es voller Eifer. »Nein, Sir«, sagte er dann, »nicht verrückt, aber es ist eine sonderbare Handschrift.«

»Und nach allem, was man hört, ein sehr sonderbarer Schreiber«, fügte der Anwalt hinzu.

Gerade in diesem Augenblick trat der Diener mit einem Brief ein.

»Ist er von Dr. Jekyll, Sir?«, fragte der Vorsteher. »Ich glaubte die Handschrift zu kennen. Irgendetwas Privates, Mr. Utterson?«

»Nur eine Einladung zum Essen. Warum? Möchten Sie sie sehen?«

»Nur einen Augenblick. Ich danke Ihnen, Sir.« Und der Vorsteher legte die beiden Blätter nebeneinander und verglich eifrig ihren Inhalt. »Vielen Dank, Sir«, sagte er schließlich und gab beide zurück, »das ist eine sehr interessante Handschrift.«

Es entstand eine Pause, in der Mr. Utterson mit sich kämpfte. Plötzlich fragte er: »Warum haben Sie sie verglichen, Guest?«

»Nun, Sir«, entgegnete der Vorsteher, »die Ähnlichkeit ist äußerst erstaunlich. Die beiden Handschriften sind in vielen Punkten identisch, nur unterschiedlich geneigt.«

»Äußerst merkwürdig«, sagte Utterson.

»Sie sagen es, das ist äußerst merkwürdig«, erwiderte Guest.

»Ich möchte nicht, dass über diesen Brief gesprochen wird, wissen Sie«, sagte der Anwalt.

»Nein, Sir«, sagte der Vorsteher, »ich verstehe.«

But no sooner was Mr. Utterson alone that night, than he locked the note into his safe where it reposed from that time forward. "What!" he thought. "Henry Jekyll forge for a murderer!" And his blood ran cold in his veins.

Kaum war Mr. Utterson an jenem Abend allein, schloss er den Brief in seinen Geldschrank ein, wo er von da an ruhte. »So etwas!«, dachte er, »Henry Jekyll ein Fälscher zugunsten eines Mörders!« Und das Blut gefror ihm in den Adern.

REMARKABLE INCIDENT OF
DR. LANYON.

Time ran on; thousands of pounds were offered in reward, for the death of Sir Danvers was resented as a public injury; but Mr. Hyde had disappeared out of the ken of the police as though he had never existed. Much of his past was unearthed, indeed, and all disreputable: tales came out of the man's cruelty, at once so callous and violent, of his vile life, of his strange associates, of the hatred that seemed to have surrounded his career; but of his present whereabouts, not a whisper. From the time he had left the house in Soho on the morning of the murder, he was simply blotted out; and gradually, as time drew on, Mr. Utterson began to recover from the hotness of his alarm, and to grow more at quiet with himself. The death of Sir Danvers was, to his way of thinking, more than paid for by the disappearance of Mr. Hyde. Now that that evil influence had been withdrawn, a new life began for Dr. Jekyll. He came out of his seclusion, renewed relations with his friends, became once more their familiar guest and entertainer; and whilst he had always been known for charities, he was now no less distinguished for religion. He was busy, he was much in the open air, he did good; his face seemed to open and brighten, as if with an inward

Dr. Lanyons merkwürdiges Erlebnis

Die Zeit verging und mehrere tausend Pfund wurden als Belohnung ausgeschrieben, denn der Tod von Sir Danvers wurde als öffentliche Demütigung empfunden. Aber Hyde war aus dem Blickfeld der Polizei verschwunden, als hätte es ihn nie gegeben. Zwar wurde kamen große Teile seiner Vergangenheit ans Tageslicht, lauter unrühmliche Dinge. Geschichten über die zugleich gefühllose wie gewalttätige Grausamkeit dieses Mannes tauchten auf, über seinen anstößigen Lebenswandel, über seine merkwürdigen Kameraden, über den Hass, der seine Laufbahn zu begleiten schien – aber über seinen augenblicklichen Aufenthalt nicht ein Ton. Seit dem Morgen des Mordes, an dem er das Haus in Soho verlassen hatte, war er einfach wie ausgelöscht, und mit der Zeit begann sich Mr. Utterson Stück um Stück von seiner fieberhaften Besorgnis zu erholen und innerlich ruhiger zu werden. Seiner Ansicht nach war der Tod von Sir Danvers durch das Verschwinden Mr. Hydes mehr als gesühnt. Jetzt, da dieser böse Einfluss beseitigt worden war, begann für Dr. Jekyll ein neues Leben. Er kam aus seiner Zurückgezogenheit hervor, frischte die Beziehungen zu seinen Freunden wieder auf, wurde wieder ihr vertrauter Gast und Gastgeber. Und während er schon immer für seine Mildtätigkeit bekannt gewesen war, zeichnete er sich jetzt nicht weniger durch seine Religiosität aus. Er arbeitete viel, er war viel an der frischen Luft, er tat Gutes. Sein Gesicht

consciousness of service; and for more than two months, the doctor was at peace.

On the 8th of January Utterson had dined at the doctor's with a small party; Lanyon had been there; and the face of the host had looked from one to the other as in the old days when the trio were inseparable friends. On the 12th, and again on the 14th, the door was shut against the lawyer. "The doctor was confined to the house," Poole said, "and saw no one." On the 15th, he tried again, and was again refused; and having now been used for the last two months to see his friend almost daily, he found this return of solitude to weigh upon his spirits. The fifth night, he had in Guest to dine with him; and the sixth he betook himself to Dr. Lanyon's.

There at least he was not denied admittance; but when he came in, he was shocked at the change which had taken place in the doctor's appearance. He had his death-warrant written legibly upon his face. The rosy man had grown pale; his flesh had fallen away; he was visibly balder and older; and yet it was not so much these tokens of a swift physical decay that arrested the lawyer's notice, as a look in the eye and quality of manner that seemed to testify to some deep-seated terror of the mind. It was unlikely that the doctor should fear death; and yet that was what Utterson was tempted to suspect. "Yes," he thought, "he is a doctor, he must know his own state and that his

schien offener und heiterer zu werden, als wäre da ein inneres Bewusstsein, zu etwas nütze zu sein. Und mehr als zwei Monate lang lebte der Doktor in Frieden.

Am 8. Januar hatte Utterson in kleiner Gesellschaft beim Doktor zu Abend gegessen. Auch Lanyon war da gewesen, und der Blick des Gastgebers war vom einen zum andern gewandert wie in alten Tagen, als die drei unzertrennliche Freunde waren. Am 12. und auch am 14. blieb die Tür dem Anwalt verschlossen. Der Doktor sei ans Haus gefesselt und empfange niemanden, sagte Poole. Am 15. Januar versuchte er es erneut und wurde erneut abgewiesen, und da er sich in den letzten beiden Monaten daran gewöhnt hatte, seinen Freund fast täglich zu sehen, drückte dessen Rückkehr zur Einsamkeit schwer auf sein Gemüt. Am fünften Abend hatte er Guest zum Essen eingeladen, und am sechsten begab er sich zu Dr. Lanyon.

Dort wurde er wenigstens nicht abgewiesen, doch als er eintrat, war er bestürzt über die Veränderung, die sich im Aussehen des Doktors vollzogen hatte. Ihm stand das Todesurteil lesbar ins Gesicht geschrieben. Der sonst rosige Mann war blass geworden, er war abgemagert und sichtbar kahler und älter. Und doch waren es weniger diese Anzeichen eines raschen körperlichen Verfalls, die die Aufmerksamkeit des Anwalts fesselten, als vielmehr der Ausdruck in seinen Augen und sein Verhalten, die auf eine tiefsitzende, panische Angst hinzudeuten schienen. Es war unwahrscheinlich, dass der Doktor den Tod fürchtete, und doch war Utterson versucht, dies für möglich zu halten. »Ja«, dachte er, »er ist Arzt: Er muss seinen eigenen Zustand kennen und wissen, dass seine Tage

days are counted; and the knowledge is more than he can bear." And yet when Utterson remarked on his ill-looks, it was with an air of great firmness that Lanyon declared himself a doomed man.

"I have had a shock," he said, "and I shall never recover. It is a question of weeks. Well, life has been pleasant; I liked it; yes, sir, I used to like it. I sometimes think if we knew all, we should be more glad to get away."

"Jekyll is ill, too," observed Utterson. "Have you seen him?"

But Lanyon's face changed, and he held up a trembling hand. "I wish to see or hear no more of Dr. Jekyll," he said in a loud, unsteady voice. "I am quite done with that person; and I beg that you will spare me any allusion to one whom I regard as dead."

"Tut-tut," said Mr. Utterson; and then after a considerable pause, "Can't I do anything?" he inquired. "We are three very old friends, Lanyon; we shall not live to make others."

"Nothing can be done," returned Lanyon; "ask himself."

"He will not see me," said the lawyer.

"I am not surprised at that," was the reply.

"Some day, Utterson, after I am dead, you may perhaps come to learn the right and wrong of this. I cannot tell you. And in the meantime, if you can sit and talk with me of other things, for God's sake,

gezählt sind. Und dieses Wissen ist mehr, als er ertragen kann.« Als Utterson jedoch eine Bemerkung über sein schlechtes Aussehen machte, erklärte Lanyon mit einem Ausdruck großer Gefasstheit, er sei ein verlorener Mann.

»Ich habe einen Schock erlitten«, sagte er, »von dem ich mich nie mehr erholen werde. Es ist eine Frage von Wochen. Nun gut, das Leben ist angenehm gewesen, ich liebte es, jawohl, ich liebte es wirklich. Manchmal denke ich, wenn wir alles wüssten, würden wir uns lieber davonmachen.«

»Jekyll ist ebenfalls krank«, bemerkte Utterson. »Hast du ihn gesehen?«

Lanyons Gesicht verfärbte sich und er hielt eine zitternde Hand empor. »Ich will von Dr. Jekyll nichts mehr sehen oder hören«, sagte er mit lauter, bebender Stimme. »Mit diesem Menschen bin ich vollkommen fertig, und ich bitte dich, mir jede Anspielung auf einen Mann zu ersparen, den ich als tot betrachte.«

»Aber, aber«, sagte Utterson, und nach einer längeren Pause fragte er: »Kann ich nicht irgendetwas tun? Wir drei sind doch sehr alte Freunde, Lanyon, und werden in unserem Leben keine neuen mehr finden.«

»Es ist nichts zu machen«, erwiderte Lanyon, »frag ihn selbst.«

»Er will mich nicht sehen«, sagte der Anwalt.

»Das überrascht mich nicht«, lautete die Antwort.

»Eines Tages, Utterson, wenn ich tot bin, wirst du vielleicht erfahren, was Recht und Unrecht in dieser Sache war. Ich kann es dir nicht sagen. Und bis dahin, wenn du bei mir sitzen und mit mir über andere Dingen plaudern

stay and do so; but if you cannot keep clear of this accursed topic, then, in God's name, go, for I cannot bear it."

As soon as he got home, Utterson sat down and wrote to Jekyll, complaining of his exclusion from the house, and asking the cause of this unhappy break with Lanyon; and the next day brought him a long answer, often very pathetically worded, and sometimes darkly mysterious in drift. The quarrel with Lanyon was incurable. "I do not blame our old friend," Jekyll wrote, "but I share his view that we must never meet. I mean from henceforth to lead a life of extreme seclusion; you must not be surprised, nor must you doubt my friendship, if my door is often shut even to you. You must suffer me to go my own dark way. I have brought on myself a punishment and a danger that I cannot name. If I am the chief of sinners, I am the chief of sufferers also. I could not think that this earth contained a place for sufferings and terrors so unmanning; and you can do but one thing, Utterson, to lighten this destiny, and that is to respect my silence." Utterson was amazed; the dark influence of Hyde had been withdrawn, the doctor had returned to his old tasks and amities; a week ago, the prospect had smiled with every promise of a cheerful and an honoured age; and now in a moment, friendship, and peace of mind and the whole tenor of his life were wrecked. So great and unprepared a change pointed to madness; but in

kannst, so bleib um Gottes Willen und tu es. Aber wenn du dieses verfluchte Thema nicht lassen kannst, dann geh, in Gottes Namen, denn ich kann es nicht ertragen.«

Sobald Utterson wieder zu Hause war, setzte er sich hin und schrieb an Jekyll, beschwerte sich über den Ausschluss aus seinem Haus und fragte nach der Ursache des unglückseligen Bruchs mit Lanyon. Schon der nächste Tag brachte ihm eine lange Antwort, die stellenweise sehr ergreifend formuliert war, aber mitunter andeutungsweise rätselhaft klang. Der Bruch mit Lanyon sei unheilbar. »Ich mache unserem alten Freund keinen Vorwurf«, schrieb Jekyll, »aber ich teile seine Meinung, dass wir uns nie wieder begegnen dürfen. Ich habe die Absicht, von nun an ein äußerst zurückgezogenes Leben zu führen. Du darfst daher nicht überrascht sein oder an meiner Freundschaft zweifeln, wenn meine Tür selbst dir oft verschlossen bleibt. Du musst mich meinen eigenen dunklen Weg gehen lassen. Ich habe eine Strafe und eine Gefahr auf mich gezogen, die ich nicht nennen kann. Wenn ich der Erste unter den Sündern bin, so bin ich auch der Erste unter den Leidenden. Ich hätte nie gedacht, dass es auf dieser Erde einen Platz für so entmenschte Leiden und Schrecknisse gäbe, und du kannst nur eines tun, Utterson, um mir dieses Schicksal zu erleichtern, nämlich mein Schweigen respektieren.« Utterson war verblüfft: Der dunkle Einfluss Hydes war beseitigt worden, der Doktor war zu seinen alten Beschäftigungen und Freundschaften zurückgekehrt, noch vor einer Woche hatte ihm die Aussicht auf ein fröhliches und ehrenvolles Alter verheißungsvoll gelächelt – und jetzt waren Freundschaft, Seelenfrie-

view of Lanyon's manner and words, there must lie for it some deeper ground.

A week afterwards Dr. Lanyon took to his bed, and in something less than a fortnight he was dead. The night after the funeral, at which he had been sadly affected, Utterson locked the door of his business room, and sitting there by the light of a melancholy candle, drew out and set before him an envelope addressed by the hand and sealed with the seal of his dead friend. "PRIVATE: for the hands of J. G. Utterson ALONE and in case of his predecease *to be destroyed unread*," so it was emphatically superscribed; and the lawyer dreaded to behold the contents. "I have buried one friend to-day," he thought: "what if this should cost me another?" And then he condemned the fear as a disloyalty, and broke the seal. Within there was another enclosure, likewise sealed, and marked upon the cover as "not to be opened till the death or disappearance of Dr. Henry Jekyll." Utterson could not trust his eyes. Yes, it was disappearance; here again, as in the mad will which he had long ago restored to its author, here again were the idea of a disappearance and the name of Henry Jekyll bracketed. But in the will, that idea had sprung from the sinister suggestion of the man Hyde; it was set there with a purpose all too plain and horrible. Written by the hand of Lanyon, what

den und der ganze Sinn seines Lebens im Nu zerstört. Eine so große und unerwartete Wende deutete auf Wahnsinn hin, aber mit Blick auf Lanyons Verhalten und Worte musste es noch irgendeinen tieferen Grund dafür geben.

Eine Woche später wurde Dr. Lanyon bettlägerig, und in weniger als zwei Wochen war er tot. Am Abend nach dem Begräbnis, das ihn tief betrübt hatte, verschloss Utterson die Tür seines Arbeitszimmers, zog im Schein einer melancholischen Kerze einen Umschlag hervor, den sein verstorbener Freund eigenhändig adressiert und mit seinem Siegel verschlossen hatte, und legte ihn vor sich hin. »VERTRAULICH! Nur zu Händen von J. G. Utterson ALLEIN, und im Fall seines vorzeitigen Ablebens *ungelesen zu vernichten*«, so lautete die nachdrückliche Aufschrift, und der Anwalt fürchtete sich, den Inhalt in Augenschein zu nehmen. »Einen Freund habe ich heute begraben«, dachte er, »was, wenn mich dieser Brief den zweiten kostete?« Dann verwarf er diese Furcht als Treulosigkeit und erbrach das Siegel. Darunter lag ein weiterer, ebenfalls versiegelter Umschlag mit der Aufschrift: »Nicht vor dem Tod oder Verschwinden Dr. Henry Jekylls zu öffnen.« Utterson wollte seinen Augen nicht trauen. Ja, hier stand »Verschwinden«, auch hier wieder, genau wie in dem wahnsinnigen Testament, das er längst seinem Verfasser zurückgegeben hatte: Auch hier waren der Gedanke des Verschwindens und der Name Henry Jekylls miteinander verknüpft. Doch im Testament war dieser Gedanke dem unheilvollen Einfluss jenes Hyde entsprungen, dort war er in einer allzu deutlichen und schrecklichen Absicht eingefügt worden. Was konnte es

should it mean? A great curiosity came on the trustee, to disregard the prohibition and dive at once to the bottom of these mysteries; but professional honour and faith to his dead friend were stringent obligations; and the packet slept in the inmost corner of his private safe.

It is one thing to mortify curiosity, another to conquer it; and it may be doubted if, from that day forth, Utterson desired the society of his surviving friend with the same eagerness. He thought of him kindly; but his thoughts were disquieted and fearful. He went to call indeed; but he was perhaps relieved to be denied admittance; perhaps, in his heart, he preferred to speak with Poole upon the doorstep and surrounded by the air and sounds of the open city, rather than to be admitted into that house of voluntary bondage, and to sit and speak with its inscrutable recluse. Poole had, indeed, no very pleasant news to communicate. The doctor, it appeared, now more than ever confined himself to the cabinet over the laboratory, where he would sometimes even sleep; he was out of spirits, he had grown very silent, he did not read; it seemed as if he had something on his mind. Utterson became so used to the unvarying character of these reports, that he fell off little by little in the frequency of his visits.

hier, von Lanyons Hand geschrieben, bedeuten? Eine große Neugier überkam den Treuhänder, das Verbot zu missachten und diesen Geheimnissen sofort auf den Grund zu gehen, aber Berufsehre und Treue gegen seinen toten Freund waren bindende Verpflichtungen, und so schlummerte das Paket fortan im hintersten Winkel seines Geldschranks.

Es ist eine Sache, seine Neugier im Zaum zu halten, aber es ist eine andere, sie zu besiegen, und man kann bezweifeln, ob Utterson seit jenem Tag die Gesellschaft seines überlebenden Freundes noch mit demselben Eifer wünschte. Er war ihm wohlgesonnen, aber seine Gedanken waren beunruhigt und voller Angst. Er ging zwar hin, um ihn zu besuchen, doch war er vielleicht sogar erleichtert, wenn er nicht eingelassen wurde. Vielleicht zog er es im Grunde seines Herzens sogar vor, mit Poole auf der Türschwelle zu sprechen, umgeben von der frischen Luft und den Geräuschen der Stadt, als in dieses Haus freiwilliger Gefangenschaft eingelassen zu werden, bei dem undurchschaubaren Einsiedler zu sitzen und mit ihm zu sprechen. Poole hatte ihm in der Tat keine sehr erfreulichen Neuigkeiten mitzuteilen. Der Doktor beschränkte sich jetzt allem Anschein nach mehr denn je auf sein Arbeitszimmer über dem Laboratorium, wo er manchmal sogar schlief. Er war völlig niedergeschlagen, war sehr schweigsam geworden, las nicht einmal mehr, und es schien, als lastete etwas schwer auf seiner Seele. Utterson gewöhnte sich allmählich so an diese gleichbleibenden Berichte, dass seine Besuche nach und nach immer seltener wurden.

INCIDENT AT THE WINDOW.

It chanced on Sunday, when Mr. Utterson was on his usual walk with Mr. Enfield, that their way lay once again through the by-street; and that when they came in front of the door, both stopped to gaze on it.

"Well," said Enfield, "that story's at an end at least. We shall never see more of Mr. Hyde."

"I hope not," said Utterson. "Did I ever tell you that I once saw him, and shared your feeling of repulsion?"

"It was impossible to do the one without the other," returned Enfield. "And by the way what an ass you must have thought me, not to know that this was a back way to Dr. Jekyll's! It was partly your own fault that I found it out, even when I did."

"So you found it out, did you?" said Utterson.

"But if that be so, we may step into the court and take a look at the windows. To tell you the truth, I am uneasy about poor Jekyll; and even outside, I feel as if the presence of a friend might do him good."

The court was very cool and a little damp, and full of premature twilight, although the sky, high up overhead, was still bright with sunset. The middle one of the three windows was half way open; and

Der Zwischenfall am Fenster

Es traf sich an einem Sonntag, als Mr. Utterson seinen gewohnten Spaziergang mit Mr. Enfield machte, dass ihr Weg sie wieder einmal durch jene Nebenstraße führte, und als sie vor der Tür ankamen, blieben beide stehen und starrten sie an.

»Na«, sagte Enfield, »wenigstens ist diese Geschichte zu Ende. Von Mr. Hyde werden wir nichts mehr sehen.«

»Hoffentlich nicht«, sagte Utterson. »Habe ich dir eigentlich erzählt, dass ich ihn einmal gesehen habe und die gleiche Abneigung verspürte wie du?«

»Das eine wäre ohne das andere unmöglich«, antwortete Enfield. »Übrigens musst du mich für einen schönen Dummkopf gehalten haben, dass ich nicht wusste, dass dies ein Hintereingang zu Dr. Jekylls Haus ist. Es war zum Teil deine Schuld, dass ich schließlich doch noch selbst darauf kam.«

»Du hast es also tatsächlich herausgefunden?«, sagte Utterson.

»Wenn das so ist, können wir eigentlich in den Hof gehen und einen Blick auf die Fenster werfen. Offen gestanden mache ich mir Sorgen um den armen Jekyll, und selbst hier draußen habe ich das Gefühl, als könnte die Nähe eines Freundes ihm gut tun.«

Der Hof war sehr kühl und ein wenig feucht und lag bereits im Dämmerlicht, obwohl der Sonnenuntergang den Himmel hoch über ihren Köpfen noch hell erleuchtete. Das mittlere der drei Fenster stand halb offen, und

sitting close beside it, taking the air with an infinite sadness of mien, like some disconsolate prisoner, Utterson saw Dr. Jekyll.

"What! Jekyll!" he cried. "I trust you are better."

"I am very low, Utterson," replied the doctor drearily, "very low. It will not last long, thank God."

"You stay too much indoors," said the lawyer. "You should be out, whipping up the circulation like Mr. Enfield and me. (This is my cousin—Mr. Enfield—Dr. Jekyll.) Come now; get your hat and take a quick turn with us."

"You are very good," sighed the other. "I should like to very much; but no, no, no, it is quite impossible; I dare not. But indeed, Utterson, I am very glad to see you; this is really a great pleasure; I would ask you and Mr. Enfield up, but the place is really not fit."

"Why then," said the lawyer, good-naturedly, "the best thing we can do is to stay down here and speak with you from where we are."

"That is just what I was about to venture to propose," returned the doctor with a smile. But the words were hardly uttered, before the smile was struck out of his face and succeeded by an expression of such abject terror and despair, as froze the very blood of the two gentlemen below. They saw it but for a glimpse, for the window was instantly thrust down; but that glimpse had been sufficient,

dicht dahinter sah Utterson Dr. Jekyll sitzen, der wie ein trostloser Gefangener mit unendlich trauriger Miene frische Luft schöpfte.

»Ach, sieh an! Jekyll!«, rief er. »Ich hoffe, es geht dir besser.«

»Mir geht es sehr schlecht, Utterson«, antwortete der Doktor trübsinnig, »sehr schlecht. Gott sei Dank wird es nicht mehr lange dauern.«

»Du sitzt zuviel im Haus«, sagte der Anwalt. »Du solltest hinausgehen und den Kreislauf in Schwung bringen wie Mr. Enfield und ich. (Dies ist mein Vetter – Mr. Enfield – Dr. Jekyll.) Also komm, nimm deinen Hut und dreh eine kleine Runde mit uns.«

»Das ist sehr freundlich von dir«, seufzte der andere. »Ich würde es ja sehr gerne tun, aber nein, nein, nein, es ist ganz unmöglich, ich wage es nicht. Aber ich freue mich aufrichtig, Utterson, dich zu sehen, es ist mir wirklich eine große Freude. Ich würde dich und Mr. Enfield heraufbitten, aber ich bin wirklich nicht darauf eingerichtet.«

»Na schön«, sagte der Anwalt gutmütig, »dann bleiben wir am besten hier unten und unterhalten uns von hier aus mit dir.«

»Genau das wollte ich mir gerade erlauben vorzuschlagen«, erwiderte der Doktor mit einem Lächeln. Aber kaum waren diese Worte ausgesprochen, erstarb das Lächeln auf seinem Gesicht, und an seine Stelle trat ein Ausdruck von so entsetzlicher Angst und Verzweiflung, dass den beiden Herren unten das Blut in den Adern gefror. Sie sahen es nur einen Augenblick, denn gleich darauf wurde das Fenster zugeschlagen, aber dieser kurze

and they turned and left the court without a word. In silence, too, they traversed the by-street; and it was not until they had come into a neighbouring thoroughfare, where even upon a Sunday there were still some stirrings of life, that Mr. Utterson at last turned and looked at his companion. They were both pale; and there was an answering horror in their eyes.

"God forgive us, God forgive us," said Mr. Utterson.

But Mr. Enfield only nodded his head very seriously, and walked on once more in silence.

Blick hatte genügt. Sie machten kehrt und verließen den Hof ohne ein Wort. Noch immer schweigend gingen sie die Nebenstraße hinunter, und erst als sie die nächste größere Straße erreicht hatten, wo sogar an einem Sonntag etwas Leben herrschte, drehte Mr. Utterson sich endlich um und sah seinen Begleiter an. Sie waren beide blass und Entsetzen stand in ihren Augen.

»Gott vergebe uns, Gott vergebe uns«, sagte Mr. Utterson.

Aber Mr. Enfield nickte nur sehr ernst mit dem Kopf und ging dann schweigend weiter.

THE LAST NIGHT.

Mr. Utterson was sitting by his fireside one evening after dinner, when he was surprised to receive a visit from Poole.

"Bless me, Poole, what brings you here?" he cried; and then taking a second look at him, "What ails you?" he added, "is the doctor ill?"

"Mr. Utterson," said the man, "there is something wrong."

"Take a seat, and here is a glass of wine for you," said the lawyer. "Now, take your time, and tell me plainly what you want."

"You know the doctor's ways, sir," replied Poole, "and how he shuts himself up. Well, he's shut up again in the cabinet; and I don't like it, sir—I wish I may die if I like it. Mr. Utterson, sir, I'm afraid."

"Now, my good man," said the lawyer, "be explicit. What are you afraid of?"

"I've been afraid for about a week," returned Poole, doggedly disregarding the question, "and I can bear it no more."

The man's appearance amply bore out his words; his manner was altered for the worse; and except for the moment when he had first announced his terror, he had not once looked the lawyer in the face. Even now, he sat with the glass of wine untasted on his knee, and his eyes

Die letzte Nacht

Eines Abends saß Mr. Utterson nach dem Essen an seinem Kamin, als er überraschend Besuch von Poole erhielt.

»Du lieber Himmel, Poole, was führt Sie her?«, rief er, und als er einen zweiten Blick auf ihn warf, setzte er hinzu: »Was fehlt Ihnen? Ist der Doktor krank?«

»Mr. Utterson«, sagte der Mann, »da stimmt etwas nicht.«

»Setzen Sie sich, und hier, nehmen Sie ein Glas Wein«, sagte der Anwalt. »Nun lassen Sie sich Zeit und sagen Sie mir ganz offen, weshalb Sie hier sind.«

»Sie kennen die Gewohnheiten des Doktors, Sir«, antwortete Poole, »und wie er sich immer einschließt. Nun, er hat sich wieder in sein Arbeitszimmer eingeschlossen, und das gefällt mir nicht, Sir – ich will auf der Stelle sterben, wenn mir das gefällt. Mr. Utterson, ich habe Angst!«

»Na, na, guter Mann«, sagte der Anwalt, »erklären Sie sich deutlich. Wovor haben Sie Angst?«

»Ich habe schon seit ungefähr einer Woche Angst«, entgegnete Poole, die Frage hartnäckig überhörend, »und ich halte es nicht länger aus.«

Das Aussehen des Mannes bestätigte seine Worte voll und ganz, sein Benehmen hatte sich zum Schlechten verändert, und außer in dem Augenblick, da er zum ersten Mal von seiner Angst sprach, hatte er dem Anwalt nicht ein einziges Mal ins Gesicht geblickt. Auch jetzt saß er, das Glas Wein ungekostet auf den Knien, da und starrte

directed to a corner of the floor. "I can bear it no more," he repeated.

"Come," said the lawyer, "I see you have some good reason, Poole; I see there is something seriously amiss. Try to tell me what it is."

"I think there's been foul play," said Poole, hoarsely.

"Foul play!" cried the lawyer, a good deal frightened and rather inclined to be irritated in consequence. "What foul play? What does the man mean?"

"I daren't say, sir," was the answer; "but will you come along with me and see for yourself?"

Mr. Utterson's only answer was to rise and get his hat and great coat; but he observed with wonder the greatness of the relief that appeared upon the butler's face, and perhaps with no less, that the wine was still untasted when he set it down to follow.

It was a wild, cold, seasonable night of March, with a pale moon, lying on her back as though the wind had tilted her, and a flying wrack of the most diaphanous and lawny texture. The wind made talking difficult, and flecked the blood into the face. It seemed to have swept the streets unusually bare of passengers, besides; for Mr. Utterson thought he had never seen that part of London so deserted. He could have wished it otherwise; never in his life had he been conscious of so sharp a wish to see

in eine Ecke des Zimmers. »Ich halte es nicht länger aus«, wiederholte er.

»Kommen Sie«, sagte der Anwalt, »wie ich sehe, gibt es einen guten Grund dafür, Poole. Und wie ich sehe, ist etwas ernsthaft nicht in Ordnung. Versuchen Sie mir zu sagen, was es ist!«

»Ich glaube, da wurde ein falsches Spiel getrieben«, sagte Poole heiser.

»Falsches Spiel!«, rief der Anwalt ziemlich erschrocken und folglich recht gereizt. »Was für ein falsches Spiel? Was meinen Sie damit, Mann?«

»Das wage ich nicht zu sagen, Sir«, gab er zurück, »aber wollen Sie nicht mitkommen und selbst nachsehen?«

Mr. Uttersons einzige Antwort bestand darin, dass er aufstand und seinen Hut und Mantel nahm. Verwundert bemerkte er, wie groß die Erleichterung auf dem Gesicht des Dieners war, und nicht weniger erstaunte ihn, dass er den Wein noch immer nicht gekostet hatte, als er das Glas hinstellte, um ihm zu folgen.

Es war eine stürmische, kalte, für die Jahreszeit typische Märznacht. Die bleiche Mondsichel lag auf dem Rücken, als hätte der Sturm sie umgeworfen, und transparente, fein gesponnene Wolkenfetzen flogen dahin. Der Wind erschwerte das Sprechen und trieb das Blut ins Gesicht. Außerdem schien es, als habe er die Straßen ungewöhnlich menschenleer gefegt, denn Mr. Utterson hatte diesen Teil Londons noch nie so verlassen gesehen. Ihm wäre es anders lieber gewesen; noch nie in seinem Leben hatte er so dringend den Wunsch verspürt, seine Mitmen-

and touch his fellow-creatures; for struggle as he might, there was borne in upon his mind a crushing anticipation of calamity. The square, when they got there, was all full of wind and dust, and the thin trees in the garden were lashing themselves along the railing. Poole, who had kept all the way a pace or two ahead, now pulled up in the middle of the pavement, and in spite of the biting weather, took off his hat and mopped his brow with a red pocket-handkerchief. But for all the hurry of his coming, these were not the dews of exertion that he wiped away, but the moisture of some strangling anguish; for his face was white and his voice, when he spoke, harsh and broken.

"Well, sir," he said, "here we are, and God grant there be nothing wrong."

"Amen, Poole," said the lawyer.

Thereupon the servant knocked in a very guarded manner; the door was opened on the chain; and a voice asked from within, "Is that you, Poole?"

"It's all right," said Poole. "Open the door."

The hall, when they entered it, was brightly lighted up; the fire was built high; and about the hearth the whole of the servants, men and women, stood huddled together like a flock of sheep. At the sight of Mr. Utterson, the housemaid broke into hysterical whimpering; and the cook, crying out "Bless God! it's Mr. Utterson," ran forward as if to take him in her arms.

schen zu sehen und zu berühren, denn so sehr er auch dagegen ankämpfte, lastete auf seiner Seele eine erdrückende Vorahnung drohenden Unheils. Als sie den Platz erreichten, war alles windig und staubig und die dünnen Bäume im Garten peitschten über den Zaun. Poole, der den ganzen Weg ein oder zwei Schritte vorausgeeilt war, blieb jetzt mitten auf dem Bürgersteig stehen, nahm ungeachtet des schneidenden Wetters seinen Hut ab und wischte sich mit einem roten Taschentuch die Stirn. Aber die Schweißtropfen, die er sich wegwischte, kamen trotz aller Hetze nicht von der Anstrengung, sondern waren der Schweiß einer Angst, die ihm die Kehle zuschnürte, denn sein Gesicht war weiß, und seine Stimme klang rau und brüchig, als er sprach.

»Nun, Sir«, sagte er, »da sind wir – gebe Gott, dass es nichts Schlimmes ist.«

»Amen, Poole!«, sagte der Anwalt.

Daraufhin klopfte der Diener sehr vorsichtig. Die Tür wurde mit Kette geöffnet und eine Stimme fragte von drinnen: »Bist du es, Poole?«

»Ja, ich bin es«, sagte Poole. »Mach die Tür auf.«

Die Diele war hell erleuchtet, als sie eintraten, im Kamin brannte ein hohes Feuer, und um den Kamin stand die ganze Dienerschaft, Männer und Frauen, dicht gedrängt wie eine Herde Schafe. Bei Mr. Uttersons Anblick brach das Stubenmädchen in hysterisches Wimmern aus, und die Köchin rief laut: »Gott sei Dank! Es ist Mr. Utterson!«, und lief auf ihn zu, als wolle sie ihn umarmen.

"What, what? Are you all here?" said the lawyer peevishly. "Very irregular, very unseemly; your master would be far from pleased."

"They're all afraid," said Poole.

Blank silence followed, no one protesting; only the maid lifted up her voice and now wept loudly.

"Hold your tongue!" Poole said to her, with a ferocity of accent that testified to his own jangled nerves; and indeed, when the girl had so suddenly raised the note of her lamentation, they had all started and turned towards the inner door with faces of dreadful expectation. "And now," continued the butler, addressing the knife-boy, "reach me a candle, and we'll get this through hands at once." And then he begged Mr. Utterson to follow him, and led the way to the back garden.

"Now, sir," said he, "you come as gently as you can. I want you to hear, and I don't want you to be heard. And see here, sir, if by any chance he was to ask you in, don't go."

Mr. Utterson's nerves, at this unlooked-for termination, gave a jerk that nearly threw him from his balance; but he recollected his courage and followed the butler into the laboratory building and through the surgical theatre, with its lumber of crates and bottles, to the foot of the stair. Here Poole motioned him to stand on one side and listen; while he himself, setting down the candle and making a great and obvious call on his resolution, mounted the steps and knocked with a somewhat

»Was ist denn hier los? Ihr seid alle hier?«, sagte der Anwalt verdrießlich. »Sehr ungehörig, sehr unpassend, euer Herr wäre alles andere als erfreut.«

»Sie haben alle Angst«, sagte Poole.

Tiefe Stille folgte – niemand widersprach. Nur das Stubenmädchen erhob seine Stimme und weinte jetzt laut.

»Halt den Mund!«, fuhr Poole es in scharfem Ton an, der seine eigene Anspannung verriet, und in der Tat, als das Mädchen so plötzlich sein Jammern verstärkt hatte, waren sie alle zusammengezuckt und starrten mit einem Ausdruck furchtsamer Erwartung auf die Innentür. »Und nun«, fuhr der Butler fort und wandte sich an den Küchenjungen, »gib mir eine Kerze, wir wollen der Sache jetzt sofort auf den Grund gehen.« Dann bat er Mr. Utterson, ihm zu folgen, und schlug den Weg zum hinteren Garten ein.

»Nun, Sir«, sagte er, »kommen Sie so leise, wie Sie können. Ich möchte, dass Sie hören, aber nicht gehört werden. Und passen Sie auf, Sir, sollte er Sie zufällig hineinbitten, dann gehen Sie nicht!«

Bei diesen unerwarteten Schlussworten zuckten Mr. Uttersons Nerven, was ihn beinahe aus dem Gleichgewicht gebracht hätte, aber er nahm seinen ganzen Mut zusammen und folgte dem Butler in das Laboratoriumsgebäude und durch den Hörsaal mit seinem Gerümpel von Kisten und Flaschen bis zum Fuß der Treppe. Hier gab Poole ihm einen Wink, auf der einen Seite stehenzubleiben und zu horchen; er selbst, nachdem er die Kerze abgestellt und unter sichtlicher Anstrengung seine ganze Entschlossenheit zusammengenommen hatte, stieg die

uncertain hand on the red baize of the cabinet door.

"Mr. Utterson, sir, asking to see you," he called; and even as he did so, once more violently signed to the lawyer to give ear.

A voice answered from within: "Tell him I cannot see anyone," it said complainingly.

"Thank you, sir," said Poole, with a note of something like triumph in his voice; and taking up his candle, he led Mr. Utterson back across the yard and into the great kitchen, where the fire was out and the beetles were leaping on the floor.

"Sir," he said, looking Mr. Utterson in the eyes, "was that my master's voice?"

"It seems much changed," replied the lawyer, very pale, but giving look for look.

"Changed? Well, yes, I think so," said the butler. "Have I been twenty years in this man's house, to be deceived about his voice? No, sir; master's made away with; he was made away with, eight days ago, when we heard him cry out upon the name of God; and *who's* in there instead of him, and *why* it stays there, is a thing that cries to Heaven, Mr. Utterson!"

"This is a very strange tale, Poole; this is rather a wild tale, my man," said Mr. Utterson, biting his finger. "Suppose it were as you suppose, supposing Dr. Jekyll to have been—well, murdered, what could induce the murderer to stay? That won't hold water; it doesn't commend itself to reason."

Stufen hinauf und klopfte mit leicht zitternder Hand an den roten Fries der Tür zum Arbeitszimmer.

»Mr. Utterson ist da und möchte Sie besuchen, Sir«, rief er und machte dabei dem Anwalt nochmals heftige Zeichen, ja genau hinzuhören.

Von drinnen antwortete eine klagende Stimme: »Sagen Sie ihm, dass ich niemanden empfangen kann.«

»Danke, Sir«, sagte Poole mit einem Anflug von Triumph in der Stimme. Dann nahm er seine Kerze und führte Mr. Utterson über den Hof zurück und in die große Küche, in der das Feuer ausgegangen war und die Schaben über den Fußboden huschten.

»Sir«, sagte er und blickte dem Anwalt fest in die Augen, »war das die Stimme meines Herrn?«

»Sie schien mir sehr verändert«, erwiderte der Anwalt äußerst blass, aber dem Blick standhaltend.

»Verändert? Ja, genau das finde ich auch«, sagte dieser. »Bin ich zwanzig Jahre im Haus dieses Mannes gewesen, um mich in seiner Stimme zu täuschen? Nein, Sir, mein Herr ist beseitigt worden, er ist vor acht Tagen beseitigt worden, als wir ihn laut den Namen Gottes anrufen hörten! Und *wer* da drin an seiner Stelle ist und *warum* es dort bleibt, das ist eine Sache, die zum Himmel schreit, Mr. Utterson!«

»Das ist eine sehr merkwürdige Geschichte, Poole, das ist eine ziemlich verrückte Geschichte, guter Mann«, sagte Mr. Utterson und biss sich dabei auf den Finger. »Angenommen, es wäre so, wie Sie annehmen, angenommen, Dr. Jekyll wäre ... nun ja, ermordet worden, was könnte den Mörder veranlassen zu bleiben? Das ist nicht hieb- und stichfest, das geht gegen jede Vernunft.«

"Well, Mr. Utterson, you are a hard man to satisfy, but I'll do it yet," said Poole. "All this last week (you must know) him, or it, or whatever it is that lives in that cabinet, has been crying night and day for some sort of medicine and cannot get it to his mind. It was sometimes his way—the master's, that is—to write his orders on a sheet of paper and throw it on the stair. We've had nothing else this week back; nothing but papers, and a closed door, and the very meals left there to be smuggled in when nobody was looking. Well, sir, every day, ay, and twice and thrice in the same day, there have been orders and complaints, and I have been sent flying to all the wholesale chemists in town. Every time I brought the stuff back, there would be another paper telling me to return it, because it was not pure, and another order to a different firm. This drug is wanted bitter bad, sir, whatever for."

"Have you any of these papers?" asked Mr. Utterson.

Poole felt in his pocket and handed out a crumpled note, which the lawyer, bending nearer to the candle, carefully examined. Its contents ran thus: "Dr. Jekyll presents his compliments to Messrs. Maw. He assures them that their last sample is impure and quite useless for his present purpose. In the year 18—, Dr. J. purchased a somewhat large quantity from Messrs. M. He now begs them to

»Nun, Mr. Utterson, Sie sind schwer zu überzeugen, aber es wird mir doch gelingen«, sagte Poole. »Während der ganzen letzten Woche, müssen Sie wissen, hat er, oder es oder was auch immer da im Arbeitszimmer haust, Tag und Nacht nach irgendeiner Medizin geschrien, aber nie war es die, die er wollte. Manchmal war es seine Angewohnheit – die des Herrn, meine ich –, seine Anweisungen auf ein Blatt Papier zu schreiben und es auf die Treppe zu werfen. Diese ganze letzte Woche haben wir nichts anderes gesehen – nichts als Papiere und eine verschlossene Tür, und sogar die Mahlzeiten wurden auf die Treppe gestellt und heimlich hereingeholt, wenn es keiner sah. Nun, Sir, jeden Tag – ja, sogar zwei- und dreimal am Tag, hat es Befehle und Beschwerden gegeben, und ich habe zu allen großen Apothekern in der Stadt rennen müssen. Jedes Mal, wenn ich das Zeug brachte, lag ein neues Papier da, das mir mitteilte, ich sollte es wieder zurückbringen, denn es wäre nicht rein – und eine neue Bestellung bei einer anderen Firma. Dieses Mittel wird bitter nötig gebraucht, Sir, wozu auch immer.«

»Haben Sie noch eins von diesen Papieren?«, fragte Mr. Utterson.

Poole fühlte in seiner Tasche und zog einen zerknitterten Zettel hervor, den der Anwalt, sich dichter an die Kerze beugend, sorgfältig prüfte. Der Inhalt lautete folgendermaßen: »Dr. Jekyll sendet den Herren Maw seine Empfehlungen. Er versichert ihnen, dass ihre letzte Probe unrein und für seinen augenblicklichen Zweck ganz wertlos ist. Im Jahre 18.. kaufte Dr. J. eine ziemlich große Menge von den Herren M. Er bittet sie jetzt, mit der

search with the most sedulous care, and should any of the same quality be left, to forward it to him at once. Expense is no consideration. The importance of this to Dr. J. can hardly be exaggerated." So far the letter had run composedly enough, but here with a sudden splutter of the pen, the writer's emotion had broken loose. "For God's sake," he had added, "find me some of the old."

"This is a strange note," said Mr. Utterson; and then sharply, "How do you come to have it open?"

"The man at Maw's was main angry, sir, and he threw it back to me like so much dirt," returned Poole.

"This is unquestionably the doctor's hand, do you know?" resumed the lawyer.

"I thought it looked like it," said the servant rather sulkily; and then, with another voice, "But what matters hand of write," he said. "I've seen him!"

"Seen him?" repeated Mr. Utterson. "Well?"

"That's it!" said Poole. "It was this way. I came suddenly into the theatre from the garden. It seems he had slipped out to look for this drug or whatever it is; for the cabinet door was open, and there he was at the far end of the room digging among the crates. He looked up when I came in, gave a kind of cry, and whipped upstairs into the cabinet. It was but for one minute that I saw him, but the hair stood upon my head like quills. Sir, if

größten Sorgfalt danach zu suchen und, sollte noch etwas von derselben Qualität übrig sein, ihm diese umgehend zu liefern. Kosten spielen keine Rolle. Die Bedeutung dieser Sache für Dr. J. ist kaum zu überschätzen.« Soweit klang der Brief recht beherrscht, doch an dieser Stelle hatte ein Gefühlsausbruch den Schreiber überwältigt und die Feder hatte gekleckst. »Um Gottes willen«, hatte er hinzugefügt, »treiben Sie mir etwas von dem alten auf!«

»Das ist ein merkwürdiger Brief«, sagte Utterson, dann fragte er scharf: »Wie kommen Sie dazu, dass Sie ihn geöffnet bei sich tragen?«

»Der Angestellte bei Maws war schrecklich wütend, Sir, und warf ihn mir hin wie ein Stück Dreck!«, entgegnete Poole.

»Dies ist doch unzweifelhaft die Handschrift des Doktors, nicht wahr?«, fuhr der Anwalt fort.

»Ich fand, sie sah so aus«, sagte der Diener ziemlich mürrisch, und dann sagte er mit veränderter Stimme: »Aber es kommt nicht auf die Handschrift an. Ich habe ihn gesehen!«

»Ihn gesehen?«, wiederholte Utterson. »Und?«

»Jawohl, gesehen«, sagte Poole. »Es war so: Ich kam plötzlich vom Garten in den Hörsaal. Anscheinend war er herausgeschlüpft, um nach dieser Medizin oder was auch immer zu suchen, denn die Tür zum Arbeitszimmer stand offen, und er wühlte am andern Ende des Raums in den Kisten herum. Er sah auf, als ich hineinkam, stieß eine Art Schrei aus und stürzte die Treppe hinauf in sein Zimmer. Ich hatte ihn nur eine Minute lang gesehen, aber die Haare standen mir zu Berge. Sir, wenn das mein Herr

that was my master, why had he a mask upon his face? If it was my master, why did he cry out like a rat, and run from me? I have served him long enough. And then …" the man paused and passed his hand over his face.

"These are all very strange circumstances," said Mr. Utterson, "but I think I begin to see daylight. Your master, Poole, is plainly seized with one of those maladies that both torture and deform the sufferer; hence, for aught I know, the alteration of his voice; hence the mask and his avoidance of his friends; hence his eagerness to find this drug, by means of which the poor soul retains some hope of ultimate recovery—God grant that he be not deceived! There is my explanation; it is sad enough, Poole, ay, and appalling to consider; but it is plain and natural, hangs well together and delivers us from all exorbitant alarms."

"Sir," said the butler, turning to a sort of mottled pallor, "that thing was not my master, and there's the truth. My master"—here he looked round him and began to whisper—"is a tall fine build of a man, and this was more of a dwarf." Utterson attempted to protest. "O, sir," cried Poole, "do you think I do not know my master after twenty years? do you think I do not know where his head comes to in the cabinet door, where I saw him every morning of my life? No, sir, that thing in the mask was never Dr. Jekyll—God knows what it was, but it was never Dr. Jekyll; and

war, warum trug er eine Maske vor dem Gesicht? Wenn das mein Herr war, warum schrie er auf wie eine Ratte und rannte vor mir davon? Ich habe ihm lange genug gedient. Und dann ...« Der Mann stockte und fuhr sich über das Gesicht.

»Das sind alles sehr merkwürdige Umstände«, sagte Mr. Utterson, »aber ich denke, mir geht langsam ein Licht auf. Ihr Herr, Poole, ist offensichtlich von einer jener Krankheiten befallen, die den Leidenden quälen und zugleich entstellen. Daher, so nehme ich an, die Veränderung seiner Stimme, daher die Maske und das Meiden seiner Freunde, daher seine Verbissenheit, diese Arznei zu finden, die der armen Seele noch ein wenig Hoffnung auf gänzliche Genesung gewährt – gebe Gott, dass er nicht enttäuscht wird! Das ist meine Erklärung; sie ist traurig genug, Poole, gewiss, und entsetzlich, wenn man es bedenkt. Aber sie ist einfach und natürlich, fügt alles gut zusammen und befreit uns von allen übertriebenen Sorgen.«

»Sir«, sagte der Butler, und auf seinem bleichen Gesicht erschienen rote Flecken, »das Wesen war nicht mein Herr – und das ist die Wahrheit! Mein Herr« – hier blickte er sich um und senkte seine Stimme zu einem Flüstern – »ist ein großer, gut gewachsener Mann, und diese Gestalt war eher ein Zwerg.« Utterson versuchte zu widersprechen. »Aber Sir«, rief Poole, »glauben Sie, ich kenne meinen Herrn nicht nach zwanzig Jahren? Glauben Sie, ich weiß nicht, wie hoch sein Kopf in der Tür zum Arbeitszimmers reicht, wo ich ihn jeden Morgen meines Lebens sah? Nein, Sir, das Wesen hinter der Maske war niemals Dr. Jekyll – Gott weiß, was es war, aber niemals

it is the belief of my heart that there was murder done."

"Poole," replied the lawyer, "if you say that, it will become my duty to make certain. Much as I desire to spare your master's feelings, much as I am puzzled by this note which seems to prove him to be still alive, I shall consider it my duty to break in that door."

"Ah, Mr. Utterson, that's talking!" cried the butler.

"And now comes the second question," resumed Utterson: "Who is going to do it?"

"Why, you and me, sir," was the undaunted reply.

"That is very well said," returned the lawyer; "and whatever comes of it, I shall make it my business to see you are no loser."

"There is an axe in the theatre," continued Poole, "and you might take the kitchen poker for yourself."

The lawyer took that rude but weighty instrument into his hand, and balanced it. "Do you know, Poole," he said, looking up, "that you and I are about to place ourselves in a position of some peril?"

"You may say so, sir, indeed," returned the butler.

"It is well, then, that we should be frank," said the other. "We both think more than we have said; let us make a clean breast. This masked figure that you saw, did you recognise it?"

"Well, sir, it went so quick, and the creature was so doubled up, that I could hardly swear to that," was the answer. "But if you mean, was it

war es Dr. Jekyll. Und ich bin zutiefst davon überzeugt, dass hier ein Mord verübt wurde.«

»Poole«, erwiderte der Anwalt, »wenn Sie mir das sagen, dann ist es meine Pflicht, uns Gewissheit zu verschaffen. So sehr ich auch wünsche, die Gefühle Ihres Herrn zu schonen, und so sehr mich der Brief verwirrt, der zu beweisen scheint, dass er noch am Leben ist, so halte ich es doch für meine Pflicht, diese Tür aufzubrechen.«

»Ach, Mr. Utterson, das ist ein Wort!«, rief der Diener.

»Und jetzt kommt die zweite Frage«, fuhr Utterson fort. »Wer soll es tun?«

»Nun, Sir, Sie und ich!«, lautete die unerschrockene Antwort.

»Das ist eine gute Antwort«, erwiderte der Anwalt, »und was immer dabei herauskommt, ich werde dafür sorgen, dass es nicht zu Ihrem Schaden ist.«

»Im Hörsaal liegt eine Axt«, fuhr Poole fort, »und Sie können den Schürhaken aus der Küche nehmen.«

Der Anwalt nahm das schlichte, aber schwere Werkzeug und wog es in der Hand. »Wissen Sie, Poole«, sagte er und sah auf, »dass Sie und ich im Begriff stehen, uns in eine ziemlich gefährliche Lage zu bringen?«

»Das können Sie wohl sagen, Sir.«

»Dann wäre es gut, offen miteinander zu sein«, sagte der andere. »Wir denken beide mehr, als wir bisher gesagt haben. Lassen Sie uns offen reden. Diese maskierte Gestalt, die Sie sahen – haben Sie die erkannt?«

»Nun, Sir, es ging alles so schnell, und das Geschöpf war so zusammengekrümmt, dass ich kaum darauf schwören könnte«, lautete die Antwort. »Aber wenn Sie wissen

Mr. Hyde?—why, yes, I think it was! You see, it was much of the same bigness; and it had the same quick light way with it; and then who else could have got in by the laboratory door? You have not forgot, sir, that at the time of the murder he had still the key with him? But that's not all. I don't know, Mr. Utterson, if ever you met this Mr. Hyde?"

"Yes," said the lawyer, "I once spoke with him."

"Then you must know as well as the rest of us that there was something queer about that gentleman—something that gave a man a turn—I don't know rightly how to say it, sir, beyond this; that you felt it in your marrow kind of cold and thin."

"I own I felt something of what you describe," said Mr. Utterson.

"Quite so, sir," returned Poole. "Well, when that masked thing like a monkey jumped from among the chemicals and whipped into the cabinet, it went down my spine like ice. O, I know it's not evidence, Mr. Utterson; I'm book-learned enough for that; but a man has his feelings, and I give you my bible-word it was Mr. Hyde!"

"Ay, ay," said the lawyer. "My fears incline to the same point. Evil, I fear, founded—evil was sure to come—of that connection. Ay, truly, I believe you; I believe poor Harry is killed; and I believe his murderer (for what purpose, God alone can tell) is still

wollen, ob es Mr. Hyde war – na ja, ich denke, er war es. Sehen Sie, es hatte ungefähr dieselbe Größe, und es hatte dieselben schnellen, leichten Bewegungen an sich. Und dann – wer sonst hätte durch die Laboratoriumstür hineinkommen können? Sie haben sicher nicht vergessen, Sir, dass er zu der Zeit, als der Mord geschah, den Schlüssel noch immer bei sich trug? Aber das ist noch nicht alles. Ich weiß nicht, Mr. Utterson, ob Sie diesem Mr. Hyde je begegnet sind?«

»Ja«, sagte der Anwalt, »ich sprach einmal mit ihm.«

»Dann wissen Sie so gut wie wir, dass dieser Herr etwas Sonderbares an sich hatte … etwas, das einen erschaudern ließ – ich weiß nicht, wie ich es genauer sagen soll, Sir, aber es war ein eisiges Gefühl, das einem durch Mark und Bein ging.«

»Ich gestehe, dass ich ein ähnliches Gefühl hatte, wie Sie es beschreiben«, sagte Mr. Utterson.

»Ganz sicher, Sir«, entgegnete Poole. »Nun, als dieses maskierte Wesen wie ein Affe von den Chemikalien wegsprang und ins Arbeitszimmer stürmte, da rann es mir eiskalt den Rücken hinunter. Oh, ich weiß, das beweist gar nichts, Mr. Utterson, ich habe genug darüber gelesen – aber ein Mensch hat so etwas im Gefühl, und ich schwöre Ihnen auf die Bibel … es war Mr. Hyde!«

»Ja, gewiss«, sagte der Anwalt. »Meine Befürchtungen gehen in dieselbe Richtung. Auf Bösem, fürchte ich, war diese Verbindung gegründet – und Böses musste daraus folgen. Ja wahrhaftig, ich glaube Ihnen, ich glaube, der arme Henry ist ermordet, und ich glaube, dass sein Mör-

lurking in his victim's room. Well, let our name be vengeance. Call Bradshaw."

The footman came at the summons, very white and nervous.

"Pull yourself together, Bradshaw," said the lawyer. "This suspense, I know, is telling upon all of you; but it is now our intention to make an end of it. Poole, here, and I are going to force our way into the cabinet. If all is well, my shoulders are broad enough to bear the blame. Meanwhile, lest anything should really be amiss, or any malefactor seek to escape by the back, you and the boy must go round the corner with a pair of good sticks, and take your post at the laboratory door. We give you ten minutes, to get to your stations."

As Bradshaw left, the lawyer looked at his watch. "And now, Poole, let us get to ours," he said; and taking the poker under his arm, he led the way into the yard. The scud had banked over the moon, and it was now quite dark. The wind, which only broke in puffs and draughts into that deep well of building, tossed the light of the candle to and fro about their steps, until they came into the shelter of the theatre, where they sat down silently to wait. London hummed solemnly all around; but nearer at hand, the stillness was only broken by the sound of a footfall moving to and fro along the cabinet floor.

der noch immer im Zimmer seines Opfers lauert – Gott allein weiß, warum. Nun, die Stunde der Rache ist gekommen. Rufen Sie Bradshaw.«

Der Diener folgte der Aufforderung und kam, sehr bleich und ängstlich.

»Reißen Sie sich zusammen, Bradshaw«, sagte der Anwalt. »Ich weiß, diese Ungewissheit macht euch allen zu schaffen, aber wir haben die Absicht, der Sache jetzt ein Ende zu setzen. Poole und ich werden mit Gewalt in das Zimmer eindringen. Wenn alles in Ordnung ist, sind meine Schultern breit genug, die Verantwortung dafür zu tragen. In der Zwischenzeit, falls wirklich etwas nicht in Ordnung ist oder ein Übeltäter versuchen sollte, durch die Hintertür zu entkommen, müssen Sie und der Junge mit ein paar guten Stöcken bewaffnet um die Ecke gehen und sich neben der Laboratoriumstür aufstellen. Wir geben euch zehn Minuten Zeit, euren Posten zu beziehen.«

Als Bradshaw fort war, sah der Anwalt auf seine Uhr. »Und nun, Poole, wollen wir unseren Posten beziehen!«, sagte er, nahm den Schürhaken unter den Arm und ging voran in den Hof. Wolkenfetzen hatten sich vor den Mond geschoben und es war jetzt völlig dunkel. Der Wind, der nur in kurzen Stößen in den tiefen Häuserschacht eindrang, ließ das Kerzenlicht um ihre Beine flackern, bis sie in den Schutz des Hörsaals gelangten, wo sie sich schweigend setzten und warteten. Ringsum war das gedämpfte Summen Londons zu hören, doch in ihrer Nähe wurde die Stille nur durch das Geräusch von Schritten unterbrochen, die im Arbeitszimmer auf und ab gingen.

"So it will walk all day, sir," whispered Poole; "ay, and the better part of the night. Only when a new sample comes from the chemist, there's a bit of a break. Ah, it's an ill-conscience that's such an enemy to rest! Ah, sir, there's blood foully shed in every step of it! But hark again, a little closer—put your heart in your ears, Mr. Utterson, and tell me, is that the doctor's foot?"

The steps fell lightly and oddly, with a certain swing, for all they went so slowly; it was different indeed from the heavy creaking tread of Henry Jekyll. Utterson sighed. "Is there never anything else?" he asked.

Poole nodded. "Once," he said. "Once I heard it weeping!"

"Weeping? how that?" said the lawyer, conscious of a sudden chill of horror,

"Weeping like a woman or a lost soul," said the butler. "I came away with that upon my heart, that I could have wept too."

But now the ten minutes drew to an end. Poole disinterred the axe from under a stack of packing straw; the candle was set upon the nearest table to light them to the attack; and they drew near with bated breath to where that patient foot was still going up and down, up and down, in the quiet of the night.

"Jekyll," cried Utterson, with a loud voice, "I demand to see you." He paused a moment, but there came no reply. "I give you fair warning, our

»So geht es den ganzen Tag, Sir«, flüsterte Poole, »ja, und den größten Teil der Nacht. Nur wenn eine neue Probe vom Apotheker kommt, gibt es eine kurze Pause. Ach, es ist das schlechte Gewissen, das solch ein Feind der Ruhe ist! Ja, Sir, schändlich vergossenes Blut klebt an jedem seiner Schritte! Aber horchen Sie wieder, ein bisschen näher – horchen Sie mit ganzem Herzen, Mr. Utterson, und sagen Sie mir: Ist das der Schritt des Doktors?«

Die Schritte waren leicht und unregelmäßig, sie hatten einen gewissen Schwung, obwohl sie langsam waren. Sie unterschieden sich deutlich von dem schweren, knarrenden Tritt Henry Jekylls. Utterson seufzte. »Hört man nie etwas anderes?«

Poole nickte. »Einmal«, sagte er. »Einmal hörte ich es weinen!«

»Weinen? Wie denn?«, sagte der Anwalt, den plötzlich ein kalter Schreckensschauer überlief.

»Weinen wie eine Frau oder eine verlorene Seele«, sagte der Butler. »Es schnitt mir so ins Herz, dass ich fast hätte mitweinen mögen.«

Inzwischen waren die zehn Minuten beinahe vorüber. Poole zog unter einem Haufen Packstroh die Axt hervor. Die Kerze wurde auf dem nächsten Tisch abgestellt, um ihnen bei dem Angriff zu leuchten. Dann näherten sie sich mit angehaltenem Atem der Tür, hinter der jener unermüdliche Fuß in der Stille der Nacht immer noch auf und ab ging, auf und ab.

»Jekyll«, rief Utterson mit lauter Stimme, »ich muss dich sehen.« Er wartete einen Augenblick, aber es kam keine Antwort. »Ich warne dich aufrichtig: Wir haben

suspicions are aroused, and I must and shall see you," he resumed; "if not by fair means, then by foul—if not of your consent, then by brute force!"

"Utterson," said the voice, "for God's sake, have mercy!"

"Ah, that's not Jekyll's voice—it's Hyde's!" cried Utterson. "Down with the door, Poole."

Poole swung the axe over his shoulder; the blow shook the building, and the red baize door leaped against the lock and hinges. A dismal screech, as of mere animal terror, rang from the cabinet. Up went the axe again, and again the panels crashed and the frame bounded; four times the blow fell; but the wood was tough and the fittings were of excellent workmanship; and it was not until the fifth, that the lock burst in sunder and the wreck of the door fell inwards on the carpet.

The besiegers, appalled by their own riot and the stillness that had succeeded, stood back a little and peered in. There lay the cabinet before their eyes in the quiet lamplight, a good fire glowing and chattering on the hearth, the kettle singing its thin strain, a drawer or two open, papers neatly set forth on the business table, and nearer the fire, the things laid out for tea: the quietest room, you would have said, and, but for the glazed presses full of chemicals, the most commonplace that night in London.

Verdacht geschöpft, und ich muss und werde dich sehen«, fuhr er fort, »und wenn nicht mit lauteren, dann mit unlauteren Mitteln – wenn nicht mit deiner Einwilligung, dann mit roher Gewalt!«

»Utterson«, sagte die Stimme, »um Gottes willen, hab Erbarmen!«

»Ha, das ist nicht Jekylls Stimme, es ist die von Hyde!«, schrie Utterson. »Nieder mit der Tür, Poole!«

Poole schwang die Axt über seine Schulter. Der Schlag erschütterte das Gebäude, und die rote Friestür bog sich gegen Schloss und Angeln. Ein jämmerliches Kreischen wie von animalischer Angst erklang aus dem Arbeitszimmer. Wieder ging die Axt hoch, und wieder krachten die Bretter und der Türrahmen bebte. Viermal fielen die Schläge, aber das Holz war robust und die Beschläge waren ausgezeichnet gearbeitet. Erst beim fünften Schlag sprang plötzlich das Schloss auf und die Trümmer der Tür fielen nach innen auf den Teppich.

Die Belagerer, erschrocken über ihren eigenen Lärm und die darauf folgende Stille, traten ein wenig zurück und spähten hinein. Vor ihren Augen lag das Zimmer in ruhigem Lampenschein, ein schönes Feuer leuchtete und knisterte im Kamin, der Wasserkessel summte seine leise Melodie. Ein oder zwei Schubladen standen offen, Papiere lagen ordentlich auf dem Schreibtisch, und nahe am Kamin war alles für den Tee gedeckt: Man hätte sagen können, es war das friedlichste und, abgesehen von den Glasschränken voller Chemikalien, gewöhnlichste Zimmer in ganz London in dieser Nacht.

Right in the midst there lay the body of a man sorely contorted and still twitching. They drew near on tiptoe, turned it on its back and beheld the face of Edward Hyde. He was dressed in clothes far too large for him, clothes of the doctor's bigness; the cords of his face still moved with a semblance of life, but life was quite gone; and by the crushed phial in the hand and the strong smell of kernels that hung upon the air, Utterson knew that he was looking on the body of a self-destroyer.

"We have come too late," he said sternly, "whether to save or punish. Hyde is gone to his account; and it only remains for us to find the body of your master."

The far greater proportion of the building was occupied by the theatre, which filled almost the whole ground story and was lighted from above, and by the cabinet, which formed an upper story at one end and looked upon the court. A corridor joined the theatre to the door on the by-street; and with this, the cabinet communicated separately by a second flight of stairs. There were besides a few dark closets and a spacious cellar. All these they now thoroughly examined. Each closet needed but a glance, for all were empty and all, by the dust that fell from their doors, had stood long unopened. The cellar, indeed, was filled with crazy lumber, mostly dating from the times of the

Genau in der Mitte lag der Körper eines Mannes, schmerzhaft zusammengekrümmt und noch immer zuckend. Sie näherten sich ihm auf Zehenspitzen, drehten ihn auf den Rücken und blickten in das Gesicht von Edward Hyde. Er trug Kleider, die ihm viel zu groß waren – Kleider für einen Mann von der Größe des Doktors. Die Muskeln seines Gesichts bewegten sich noch und erweckten den Anschein von Leben, aber das Leben war völlig entwichen, und an der zerbrochenen Phiole in seiner Hand und dem starken Bittermandelgeruch, der in der Luft hing, erkannte Utterson, dass er den Leichnam eines Selbstmörders vor sich hatte.

»Wir sind zu spät gekommen«, sagte er ernst, »zu spät zu retten wie zu bestrafen. Hyde steht vor seinem Richter, und uns bleibt nur noch, die Leiche Ihres Herrn zu finden.«

Der bei Weitem größte Teil des Gebäudes wurde von dem Hörsaal eingenommen, der fast das ganze Erdgeschoss ausfüllte und von oben erhellt wurde, sowie von dem Arbeitszimmer, das auf der einen Seite das obere Stockwerk bildete und auf den Hof hinausging. Ein Korridor verband den Hörsaal mit der Tür zur Nebenstraße, und mit diesem Korridor war auch das Arbeitszimmer durch eine zweite Treppe gesondert verbunden. Daneben gab es nur noch ein paar dunkle Kammern und einen geräumigen Keller. Alle diese Räume durchsuchten sie jetzt gründlich. Bei den Kammern genügte ein Blick, denn sie waren alle leer und, dem Staub nach zu schließen, der von den Türen fiel, lange nicht geöffnet worden. Der Keller war zwar mit allerlei Gerümpel angefüllt, das zum größ-

surgeon who was Jekyll's predecessor; but even as they opened the door, they were advertised of the uselessness of further search, by the fall of a perfect mat of cobweb which had for years sealed up the entrance. Nowhere was there any trace of Henry Jekyll, dead or alive.

Poole stamped on the flags of the corridor. "He must be buried here," he said, hearkening to the sound.

"Or he may have fled," said Utterson, and he turned to examine the door in the by-street. It was locked; and lying near by on the flags, they found the key, already stained with rust.

"This does not look like use," observed the lawyer.

"Use!" echoed Poole. "Do you not see, sir, it is broken? much as if a man had stamped on it."

"Ay," continued Utterson, "and the fractures, too, are rusty." The two men looked at each other with a scare. "This is beyond me, Poole," said the lawyer. "Let us go back to the cabinet."

They mounted the stair in silence, and still with an occasional awestruck glance at the dead body, proceeded more thoroughly to examine the contents of the cabinet. At one table, there were traces of chemical work, various measured heaps of some white salt being laid on glass saucers, as

ten Teil noch aus der Zeit von Jekylls Vorgänger, dem Chirurgen, stammte, aber schon als sie die Tür öffneten, zeigte sich, dass jedes weitere Nachforschen unnötig war, da ein unversehrter Teppich aus Spinnweben herabfiel, der den Eingang seit Jahren versiegelt hatte. Nirgends gab es eine Spur von Henry Jekyll, ob tot oder lebendig.

Poole stampfte auf die Fliesen im Korridor. »Er muss hier vergraben sein«, sagte er und lauschte auf den Klang.

»Er könnte auch geflohen sein«, sagte Utterson und machte sich daran, die Tür zur Nebenstraße zu untersuchen. Sie war verschlossen, und dicht daneben auf den Fliesen fanden sie den bereits verrosteten Schlüssel.

»Der sieht nicht aus, als würde er noch benutzt.«

»Noch benutzt?«, wiederholte Poole. »Sehen Sie nicht, dass er zerbrochen ist, Sir? Als ob jemand darauf herumgetrampelt wäre!«

»Ja«, ergänzte Utterson, »und die Bruchstellen sind auch schon rostig.« Die beiden Männer sahen einander erschrocken an. »Das geht über meinen Verstand, Poole«, sagte der Anwalt. »Lassen Sie uns ins Arbeitszimmer zurückgehen.«

Schweigend stiegen sie die Treppe hinauf, und mit einem gelegentlichen schaudernden Seitenblick auf den Leichnam machten sie sich daran, den Inhalt des Zimmers gründlicher zu untersuchen. Auf einem Tisch fanden sich Spuren chemischer Arbeiten, mehrere abgemessene Häufchen eines weißen Salzes lagen in kleinen Glascha-

though for an experiment in which the unhappy man had been prevented.

"That is the same drug that I was always bringing him," said Poole; and even as he spoke, the kettle with a startling noise boiled over.

This brought them to the fireside, where the easy chair was drawn cosily up, and the tea things stood ready to the sitter's elbow, the very sugar in the cup. There were several books on a shelf; one lay beside the tea things open, and Utterson was amazed to find it a copy of a pious work, for which Jekyll had several times expressed a great esteem, annotated, in his own hand, with startling blasphemies.

Next, in the course of their review of the chamber, the searchers came to the cheval glass, into whose depths they looked with an involuntary horror. But it was so turned as to show them nothing but the rosy glow playing on the roof, the fire sparkling in a hundred repetitions along the glazed front of the presses, and their own pale and fearful countenances stooping to look in.

"This glass have seen some strange things, sir," whispered Poole.

"And surely none stranger than itself," echoed the lawyer in the same tones. "For what did Jekyll"—he caught himself up at the word with a start, and then conquering the weakness: "what could Jekyll want with it?" he said.

"You may say that!" said Poole.

len wie für ein Experiment bereit, bei dem der unglückliche Mann unterbrochen worden war.

»Das ist das gleiche Mittel, das ich ihm immer gebracht habe«, sagte Poole, und während er noch sprach, kochte mit einem plötzlichen Geräusch der Wasserkessel über.

Daraufhin traten sie zum Kamin, an den der Lehnstuhl behaglich herangerückt war und wo das Teegeschirr neben der Armlehne bereitstand – der Zucker sogar schon in der Tasse. Auf einem Bord standen mehrere Bücher, eines lag aufgeschlagen neben dem Teegeschirr, und Utterson stellte erstaunt fest, dass es ein Andachtsbuch war, von dem Jekyll wiederholt mit großer Wertschätzung gesprochen hatte, und das in dessen Handschrift mit entsetzlichen, gotteslästerlichen Anmerkungen versehen war.

Als Nächstes gelangten die Suchenden bei ihrer Überprüfung des Zimmers zum Drehspiegel, in dessen Tiefe sie mit unwillkürlichem Schauder blickten. Aber er war so gedreht, dass er ihnen nichts zeigte als den rötlichen Schein, der auf der Zimmerdecke spielte, das Feuer, das sich in hundertfacher Wiederholung auf den Scheiben der Glasschränke funkelnd spiegelte, und ihre eigenen blassen, angsterfüllten Gesichter, die sich vorneigten und hineinschauten.

»Dieser Spiegel hat seltsame Dinge gesehen, Sir«, flüsterte Poole.

»Und gewiss nichts Seltsameres als sich selbst«, wiederholte der Anwalt im selben Tonfall. »Denn wozu hatte Jekyll ...«, bei diesem Wort stockte er erschrocken, aber dann er überwand seine Schwäche: »Wozu mag Jekyll ihn benötigt haben?«, fragte er.

»Das ist eine gute Frage!«, sagte Poole.

Next they turned to the business table. On the desk among the neat array of papers, a large envelope was uppermost, and bore, in the doctor's hand, the name of Mr. Utterson. The lawyer unsealed it, and several enclosures fell to the floor. The first was a will, drawn in the same eccentric terms as the one which he had returned six months before, to serve as a testament in case of death and as a deed of gift in case of disappearance; but in place of the name of Edward Hyde, the lawyer, with indescribable amazement, read the name of Gabriel John Utterson. He looked at Poole, and then back at the paper, and last of all at the dead malefactor stretched upon the carpet.

"My head goes round," he said. "He has been all these days in possession; he had no cause to like me; he must have raged to see himself displaced; and he has not destroyed this document."

He caught up the next paper; it was a brief note in the doctor's hand and dated at the top. "O Poole!" the lawyer cried, "he was alive and here this day. He cannot have been disposed of in so short a space, he must be still alive, he must have fled! And then, why fled? and how? and in that case, can we venture to declare this suicide? O, we must be careful. I foresee that we may yet involve your master in some dire catastrophe."

"Why don't you read it, sir?" asked Poole.

Dann wandten sie sich dem Schreibtisch zu. Dort lag zwischen den sorgfältig geordneten Papieren ein großer Briefumschlag obenauf, der in der Handschrift des Doktors Mr. Uttersons Namen trug. Der Anwalt erbrach das Siegel, und mehrere Briefeinlagen fielen auf den Fußboden. Die erste war ein Testament mit den gleichen exzentrischen Bedingungen wie jenes, das er vor sechs Monaten zurückgegeben hatte. Es sollte im Todesfall als Testament und im Falle seines Verschwindens als Schenkungsurkunde dienen. Aber an Stelle des Namens von Edward Hyde las der Anwalt zu seinem unbeschreiblichen Erstaunen den Namen Gabriel John Utterson. Er blickte auf Poole und dann wieder auf das Papier und zuletzt auf den toten Verbrecher, der auf dem Teppich ausgestreckt lag.

»In meinem Kopf dreht sich alles!«, sagte er. »Er hatte es die ganze Zeit in seinem Besitz, er hatte keinen Grund, mich zu mögen, es muss ihn rasend gemacht haben, sich selbst enterbt zu sehen – und trotzdem hat er dieses Schriftstück nicht vernichtet.«

Er hob das nächste Papier auf, es war ein kurzer Brief in der Handschrift des Doktors und am oberen Rand datiert. »Oh, Poole!«, rief der Anwalt. »Er hat heute noch gelebt und war hier. Er kann in so kurzer Zeit nicht beiseitegeschafft worden sein, er muss noch leben, muss geflohen sein. Aber warum geflohen? Und wie? Und können wir es in diesem Fall wagen, dies zum Selbstmord zu erklären? Oh, wir müssen vorsichtig sein. Ich sehe es kommen, dass wir Ihren Herrn in furchtbares Unglück stürzen könnten.«

»Warum lesen Sie es nicht, Sir?«, fragte Poole.

"Because I fear," replied the lawyer solemnly. "God grant I have no cause for it!" And with that he brought the paper to his eyes and read as follows.

"My dear Utterson,—When this shall fall into your hands, I shall have disappeared, under what circumstances I have not the penetration to foresee, but my instinct and all the circumstances of my nameless situation tell me that the end is sure and must be early. Go then, and first read the narrative which Lanyon warned me he was to place in your hands; and if you care to hear more, turn to the confession of

"Your unworthy and unhappy friend,

"HENRY JEKYLL."

"There was a third enclosure?" asked Utterson.

"Here, sir," said Poole, and gave into his hands a considerable packet sealed in several places.

The lawyer put it in his pocket. "I would say nothing of this paper. If your master has fled or is dead, we may at least save his credit. It is now ten; I must go home and read these documents in quiet; but I shall be back before midnight, when we shall send for the police."

They went out, locking the door of the theatre behind them; and Utterson, once more leaving the servants gathered about the fire in the hall, trudged back to his office to read the two narratives in which this mystery was now to be explained.

»Weil ich Angst habe«, antwortete der Anwalt ernst. »Gebe Gott, dass ich dazu keinen Grund habe!« Und damit hielt er sich das Blatt vor die Augen und las Folgendes:

»Mein lieber Utterson! Wenn dies in Deine Hände fällt, werde ich verschwunden sein; unter welchen Umständen, vermag ich nicht vorauszusehen, aber mein Gefühl und alle Umstände meiner unbeschreiblichen Lage sagen mir, dass das Ende gewiss ist und bald kommen muss. Also geh und lies zuerst den Bericht, den Lanyon, wie er mir androhte, Deinen Händen anvertrauen wollte, und wenn Du dann noch mehr zu hören wünschst, lies auch die Beichte

Deines unwürdigen und unglücklichen Freundes
HENRY JEKYLL.«

»Es war noch ein drittes Schriftstück da?«, fragte Utterson.

»Hier, Sir«, sagte Poole und reichte ihm ein umfangreiches Paket, das an verschiedenen Stellen versiegelt war.

Der Anwalt steckte es in seine Tasche. »Ich würde niemandem von diesem Papier erzählen. Wenn Ihr Herr geflohen oder tot ist, können wir vielleicht wenigstens seinen Ruf retten. Es ist jetzt zehn Uhr. Ich muss nach Hause gehen und diese Schriftstücke in Ruhe lesen, aber ich werde vor Mitternacht wieder hier sein, und dann werden wir nach der Polizei schicken.«

Sie gingen hinaus und schlossen die Tür des Hörsaals hinter sich zu. Utterson ließ die Dienerschaft um den Kamin in der Diele geschart zurück und schleppte sich in sein Büro, um die beiden Berichte zu lesen, die das Geheimnis endlich aufklären sollten.

DR. LANYON'S NARRATIVE.

On the ninth of January, now four days ago, I received by the evening delivery a registered envelope, addressed in the hand of my colleague and old school-companion, Henry Jekyll. I was a good deal surprised by this; for we were by no means in the habit of correspondence; I had seen the man, dined with him, indeed, the night before; and I could imagine nothing in our intercourse that should justify the formality of registration. The contents increased my wonder; for this is how the letter ran:

9th January, 18—
"Dear Lanyon,—You are one of my oldest friends; and although we may have differed at times on scientific questions, I cannot remember, at least on my side, any break in our affection. There was never a day when, if you had said to me, 'Jekyll, my life, my honour, my reason, depend upon you,' I would not have sacrificed my fortune or my left hand to help you. Lanyon, my life, my honour, my reason, are all at your mercy; if you fail me to-night, I am lost. You might suppose, after this preface, that I am going to ask you for something dishonourable to grant. Judge for yourself.

Dr. Lanyons Bericht

Am 9. Januar, heute vor vier Tagen, erhielt ich mit der Abendpost einen eingeschriebenen Brief, adressiert von der Hand meines Kollegen und alten Schulkameraden Henry Jekyll. Ich war sehr überrascht davon, denn wir pflegten keineswegs schriftlich miteinander zu verkehren. Ich hatte den Mann nämlich erst am Abend vorher gesehen und mit ihm zusammen gespeist, und mir war nichts von unserem Gespräch in Erinnerung geblieben, das die Förmlichkeit eines eingeschriebenen Briefes hätte rechtfertigen können. Der Inhalt des Briefes steigerte meine Verwunderung noch, denn er lautete folgendermaßen:

9. Januar 18..
»Lieber Lanyon! Du bist einer meiner ältesten Freunde, und obwohl wir in wissenschaftlichen Fragen hin und wieder verschiedener Meinung waren, kann ich mich, zumindest was mich betrifft, an keinen Bruch in unserem freundschaftlichen Verhältnis erinnern. Nie gab es einen Tag, an dem ich nicht, wenn Du zu mir gesagt hättest: ›Jekyll, mein Leben, meine Ehre, mein Verstand hängen von Dir ab‹, mein Vermögen oder meine linke Hand geopfert hätte, um Dir zu helfen. Lanyon, mein Leben, meine Ehre, mein Verstand hängen von Deiner Barmherzigkeit ab. Wenn Du mich heute Abend im Stich lässt, bin ich verloren. Nach dieser Vorrede nimmst Du vielleicht an, dass ich Dich um etwas Unehrenhaftes bitten werde. Urteile selbst.

"I want you to postpone all other engagements for to-night—ay, even if you were summoned to the bedside of an emperor; to take a cab, unless your carriage should be actually at the door; and with this letter in your hand for consultation, to drive straight to my house. Poole, my butler, has his orders; you will find him waiting your arrival with a locksmith. The door of my cabinet is then to be forced; you are to go in alone; to open the glazed press (letter E) on the left hand, breaking the lock if it be shut; and to draw out, *with all its contents as they stand,* the fourth drawer from the top or (which is the same thing) the third from the bottom. In my extreme distress of mind, I have a morbid fear of misdirecting you; but even if I am in error, you may know the right drawer by its contents: some powders, a phial and a paper book. This drawer I beg of you to carry back with you to Cavendish Square exactly as it stands.

"That is the first part of the service: now for the second. You should be back, if you set out at once on the receipt of this, long before midnight; but I will leave you that amount of margin, not only in the fear of one of those obstacles that can neither be prevented nor foreseen, but because an hour when your servants are in bed is to be preferred for what will then remain to do. At midnight, then, I have to ask you to be alone in your consulting room, to admit with your own hand into the

Ich bitte Dich, alle anderen Verpflichtungen für heute Abend zu verschieben – ja, selbst wenn Du ans Krankenbett eines Kaisers gerufen würdest –, eine Droschke zu nehmen, falls Dein eigener Wagen nicht gerade vor der Tür steht, und mit diesem Brief als Anweisung in der Hand geradewegs zu meinem Haus zu fahren. Poole, mein Butler, hat seine Befehle, er wird mit einem Schlosser Deine Ankunft erwarten. Die Tür meines Arbeitszimmers soll dann aufgebrochen werden. Du musst allein hineingehen, den Glasschrank (Buchstabe E) zur Linken öffnen, das Schloss aufbrechen, sollte es verschlossen sein, und, mit ihrem gesamten Inhalt, *so wie sie ist,* die vierte Schublade von oben herausziehen oder, was dasselbe ist, die dritte von unten. In meiner furchtbaren seelischen Not habe ich eine krankhafte Furcht, Dir falsche Beschreibungen zu geben. Aber selbst wenn ich mich irren sollte, kannst Du die richtige Schublade an ihrem Inhalt erkennen: einige Pulver, eine Phiole und ein Notizbuch. Diese Schublade bitte ich Dich so, wie sie ist, mit Dir in Deine Wohnung am Cavendish Square zu nehmen.

Dies ist der erste Teil des Auftrags, jetzt zum zweiten! Wenn Du Dich sofort nach Empfang dieses Briefes aufmachst, müsstest Du lange vor Mitternacht zurück sein. Doch ich will Dir diesen Spielraum lassen – nicht nur aus Sorge vor einem jener Hindernisse, die sich weder verhindern noch vorhersehen lassen, sondern auch, weil es besser ist, wenn das, was dann noch zu tun bleiben wird, zu einer Stunde geschieht, zu der Deine Diener bereits zu Bett gegangen sind. Ich bitte Dich also, um Mitternacht allein in Deinem Sprechzimmer zu sein, einen Mann, der

house a man who will present himself in my name, and to place in his hands the drawer that you will have brought with you from my cabinet. Then you will have played your part and earned my gratitude completely. Five minutes afterwards, if you insist upon an explanation, you will have understood that these arrangements are of capital importance; and that by the neglect of one of them, fantastic as they must appear, you might have charged your conscience with my death or the shipwreck of my reason.

"Confident as I am that you will not trifle with this appeal, my heart sinks and my hand trembles at the bare thought of such a possibility. Think of me at this hour, in a strange place, labouring under a blackness of distress that no fancy can exaggerate, and yet well aware that, if you will but punctually serve me, my troubles will roll away like a story that is told. Serve me, my dear Lanyon, and save

"Your friend,
"H. J.

"P.S. I had already sealed this up when a fresh terror struck upon my soul. It is possible that the post office may fail me, and this letter not come into your hands until to-morrow morning. In that case, dear Lanyon, do my errand when it shall be most convenient for you in the course of the day; and

sich in meinem Namen vorstellen wird, eigenhändig ins Haus zu lassen und ihm die Schublade auszuhändigen, die Du aus meinem Arbeitszimmer mitgebracht hast. Damit wirst Du Deine Aufgabe erfüllt und Dir meine uneingeschränkte Dankbarkeit verdient haben. Fünf Minuten später wirst Du, wenn Du auf einer Erklärung bestehst, begriffen haben, dass diese Maßnahmen von lebenswichtiger Bedeutung sind und dass die Vernachlässigung einer einzigen von ihnen, so fantastisch sie Dir auch erscheinen müssen, Dein Gewissen mit meinem Tod oder mit dem Zusammenbruch meines Verstandes hätte belasten können.

Obgleich ich zuversichtlich bin, dass Du mit dieser Bitte nicht leichtfertig umgehen wirst, wird mir bange ums Herz und zittert mir die Hand bei dem bloßen Gedanken an eine solche Möglichkeit. Denke in dieser Stunde an mich, wie ich an einem seltsamen Ort die finstersten Seelenqualen erleide, die alle Vorstellungskraft übersteigen, und dass ich trotzdem gewiss weiß, dass, wenn Du mir nur pünktlich dienst, meine Nöte dahinschwinden werden wie eine Geschichte, wenn sie erzählt ist. Hilf mir, mein lieber Lanyon, und rette

Deinen Freund
H. J.

P. S. Ich hatte diesen Brief bereits versiegelt, als ein neuer Schrecken meine Seele ergriff. Es ist möglich, dass der Postdienst mich im Stich lässt und dieser Brief erst morgen früh in Deine Hände gelangt. In diesem Fall, lieber Lanyon, erfülle meine Bitte im Laufe des Tages zu einer Stunde, die Dir am besten passt, und erwarte meinen Bo-

once more expect my messenger at midnight. It may then already be too late; and if that night passes without event, you will know that you have seen the last of Henry Jekyll."

Upon the reading of this letter, I made sure my colleague was insane; but till that was proved beyond the possibility of doubt, I felt bound to do as he requested. The less I understood of this farrago, the less I was in a position to judge of its importance; and an appeal so worded could not be set aside without a grave responsibility. I rose accordingly from table, got into a hansom, and drove straight to Jekyll's house. The butler was awaiting my arrival; he had received by the same post as mine a registered letter of instruction, and had sent at once for a locksmith and a carpenter. The tradesmen came while we were yet speaking; and we moved in a body to old Dr. Denman's surgical theatre, from which (as you are doubtless aware) Jekyll's private cabinet is most conveniently entered. The door was very strong, the lock excellent; the carpenter avowed he would have great trouble and have to do much damage, if force were to be used; and the locksmith was near despair. But this last was a handy fellow, and after two hours' work, the door stood open. The press marked E was unlocked; and I took out the drawer, had it filled up with straw and tied in a sheet, and returned with it to Cavendish Square.

ten wieder um Mitternacht. Vielleicht ist es dann schon zu spät, und wenn sich in dieser zweiten Nacht nichts ereignet, wirst Du wissen, dass Du Henry Jekyll zum letzten Mal gesehen hast.«

Nach der Lektüre dieses Briefes war ich überzeugt, dass mein Kollege geisteskrank sei, aber solange dies nicht zweifelsfrei bewiesen war, fühlte ich mich verpflichtet, seine Bitte zu erfüllen. Je weniger ich von diesem Wirrwarr verstand, desto weniger war ich in der Lage, seine Wichtigkeit zu beurteilen, und eine in solchen Worten abgefasste Bitte konnte nicht abgetan werden, ohne zugleich die schwere Verantwortung dafür zu übernehmen. Ich erhob mich daher vom Tisch, bestieg eine Droschke und fuhr direkt zu Jekylls Haus. Der Butler erwartete meine Ankunft bereits. Er hatte mit der gleichen Post wie ich ein Einschreiben mit Anweisungen erhalten und sofort nach einem Schlosser und einem Tischler geschickt. Die Handwerker kamen, während wir noch miteinander sprachen, und wir gingen alle zusammen in den chirurgischen Hörsaal des alten Dr. Denman, durch den man (wie Du zweifellos weißt) am bequemsten in Jekylls Arbeitszimmer gelangt. Die Tür war sehr stark, das Schloss ausgezeichnet. Der Tischler erklärte, er würde große Mühe haben und viel Schaden anrichten müssen, wenn Gewalt vonnöten sei, und der Schlosser war der Verzweiflung nahe. Aber Letzterer war ein geschickter Mann, und nach zwei Stunden Arbeit stand die Tür offen. Der Glasschrank mit dem Buchstaben E war unverschlossen, ich zog die Schublade heraus, ließ sie mit Stroh ausfüllen und

Here I proceeded to examine its contents. The powders were neatly enough made up, but not with the nicety of the dispensing chemist; so that it was plain they were of Jekyll's private manufacture; and when I opened one of the wrappers, I found what seemed to me a simple, crystalline salt of a white colour. The phial, to which I next turned my attention, might have been about half-full of a blood-red liquor, which was highly pungent to the sense of smell and seemed to me to contain phosphorus and some volatile ether. At the other ingredients, I could make no guess. The book was an ordinary version book and contained little but a series of dates. These covered a period of many years, but I observed that the entries ceased nearly a year ago and quite abruptly. Here and there a brief remark was appended to a date, usually no more than a single word: "double" occurring perhaps six times in a total of several hundred entries; and once very early in the list and followed by several marks of exclamation, "total failure!!!" All this, though it whetted my curiosity, told me little that was definite. Here were a phial of some tincture, a paper of some salt, and the record of a series of experiments that had led (like too many of Jekyll's investigations) to no end of practical usefulness. How could the presence of these articles in my house affect either the honour, the sanity, or the

in ein Tuch wickeln und fuhr damit zum Cavendish Square zurück.

Hier machte ich mich daran, ihren Inhalt zu untersuchen. Die Pulver waren recht ordentlich verpackt, aber doch nicht mit der Sorgfalt eines Apothekers. Sie stammten also offenbar aus Jekylls eigener Herstellung, und als ich eines der Päckchen öffnete, lag vor mir etwas, das aussah wie ein einfaches, weißes, kristallines Salz. Die Phiole, der ich dann meine Aufmerksamkeit zuwandte, war etwa zur Hälfte mit einer blutroten Flüssigkeit gefüllt, die äußerst penetrant auf den Geruchssinn wirkte und Phosphor und irgendeinen flüchtigen Äther zu enthalten schien. Die übrigen Bestandteile konnte ich nicht erraten. Das Buch war ein gewöhnliches Schreibheft und enthielt kaum mehr als eine Reihe von Datumseinträgen. Diese erstreckten sich über einen Zeitraum von vielen Jahren, aber ich bemerkte, dass die Eintragungen vor etwa einem Jahr ganz plötzlich aufhörten. Hier und da war einem Datum eine kurze Bemerkung beigefügt, meist nur ein einziges Wort: »doppelt«, das ungefähr sechsmal unter mehreren hundert Eintragungen vorkam, und einmal, ganz am Anfang der Liste und mit mehreren Ausrufungszeichen versehen: »absoluter Misserfolg!!!«. All das erregte zwar meine Neugier, sagte mir aber wenig Konkretes. Es gab eine Phiole mit irgendeiner Tinktur, ein Papier mit irgendeinem Salz und die Aufzählung einer Reihe von Experimenten, die (wie allzu viele von Jekylls Forschungen) zu keinem brauchbaren Ergebnis geführt hatten. Wie konnte das Vorhandensein dieser Gegenstände in meinem Haus die Ehre, die geistige Gesundheit oder das Leben meines

life of my flighty colleague? If his messenger could go to one place, why could he not go to another? And even granting some impediment, why was this gentleman to be received by me in secret? The more I reflected, the more convinced I grew that I was dealing with a case of cerebral disease; and though I dismissed my servants to bed, I loaded an old revolver that I might be found in some posture of self-defence.

Twelve o'clock had scarce rung out over London, ere the knocker sounded very gently on the door. I went myself at the summons, and found a small man crouching against the pillars of the portico.

"Are you come from Dr. Jekyll?" I asked.

He told me "yes" by a constrained gesture; and when I had bidden him enter, he did not obey me without a searching backward glance into the darkness of the square. There was a policeman not far off, advancing with his bull's eye open; and at the sight, I thought my visitor started and made greater haste.

These particulars struck me, I confess, disagreeably; and as I followed him into the bright light of the consulting room, I kept my hand ready on my weapon. Here, at last, I had a chance of clearly seeing him. I had never set eyes on him before, so much was certain. He was small, as I have said; I was struck besides with the shocking expression of his face, with his remarkable combination of great

unberechenbaren Kollegen beeinflussen? Wenn sein Bote in ein Haus gehen konnte, warum konnte er nicht auch in ein anderes gehen? Und selbst wenn ihn irgendetwas daran hinderte, warum musste dieser Herr von mir heimlich empfangen werden? Je mehr ich darüber nachdachte, desto überzeugter war ich, dass ich es mit einem Fall von Geisteskrankheit zu tun hätte, und obwohl ich meine Dienstboten zu Bett schickte, lud ich einen alten Revolver, um mich wenigstens einigermaßen verteidigen zu können.

Kaum hatte es in ganz London zwölf Uhr geschlagen, da ertönte an der Haustür sehr leise der Klopfer. Ich folgte der Aufforderung persönlich und fand einen kleinen Mann, der sich gegen die Säulen des Portals drückte.

»Kommen Sie von Dr. Jekyll?«, fragte ich ihn.

Er bejahte mit einer gezwungenen Handbewegung, und als ich ihn einzutreten bat, folgte er mir erst nach einem prüfenden Blick in die Dunkelheit des Platzes hinter sich. Nicht weit entfernt war ein Polizist, der sich mit geöffneter Blendlaterne näherte, und es kam mir vor, als wenn mein Besucher bei seinem Anblick zusammenzuckte und sich beeilte.

Ich gestehe, dass mich diese Umstände unangenehm berührten, und als ich ihm in das helle Licht meines Sprechzimmers folgte, ließ ich meine Hand an der Waffe. Hier konnte ich ihn wenigstens deutlich sehen. Ich hatte ihn nie zuvor zu Gesicht bekommen, soviel war gewiss. Er war klein, wie ich schon sagte, außerdem fiel mir sein abstoßender Gesichtsausdruck auf, ferner die ungewöhnliche Verbindung von enormer Muskeltätigkeit und offen-

muscular activity and great apparent debility of constitution, and—last but not least—with the odd, subjective disturbance caused by his neighbourhood. This bore some resemblance to incipient rigor, and was accompanied by a marked sinking of the pulse. At the time, I set it down to some idiosyncratic, personal distaste, and merely wondered at the acuteness of the symptoms; but I have since had reason to believe the cause to lie much deeper in the nature of man, and to turn on some nobler hinge than the principle of hatred.

This person (who had thus, from the first moment of his entrance, struck in me what I can only describe as a disgustful curiosity) was dressed in a fashion that would have made an ordinary person laughable: his clothes, that is to say, although they were of rich and sober fabric, were enormously too large for him in every measurement—the trousers hanging on his legs and rolled up to keep them from the ground, the waist of the coat below his haunches, and the collar sprawling wide upon his shoulders. Strange to relate, this ludicrous accoutrement was far from moving me to laughter. Rather, as there was something abnormal and misbegotten in the very essence of the creature that now faced me—something seizing, surprising and revolting—this fresh disparity seemed but to fit in with and to reinforce it; so that to my interest in the man's nature and character, there was added a curiosity

sichtlich sehr schwacher körperlicher Verfassung, und nicht zuletzt das merkwürdige Unbehagen, das seine Nähe bei mir hervorrief. Es hatte eine gewisse Ähnlichkeit mit einem beginnenden Schüttelfrost und war von einem merklichen Absinken des Pulses begleitet. Zu diesem Zeitpunkt schrieb ich es irgendeiner Überempfindlichkeit oder persönlichen Abneigung zu und wunderte mich nur über die Heftigkeit der Symptome. Inzwischen aber habe ich Grund zu der Annahme, dass die Ursache viel tiefer in der Natur des Menschen liegt und mit etwas Edlerem zusammenhängt als dem Prinzip des Hasses.

Dieser Mann (der also vom ersten Augenblick seines Erscheinens an in mir ein Gefühl hervorgerufen hatte, das ich nur als angewiderte Neugier beschreiben kann) war in einer Weise gekleidet, die einen gewöhnlichen Menschen lächerlich gemacht hätte: Denn seine Kleider waren, obwohl aus sehr gutem und unauffälligem Stoff, in jeder Richtung um ein Vielfaches zu groß für ihn – die Hosen flatterten ihm um die Beine und waren aufgekrempelt, damit sie nicht auf dem Boden schleiften, die Taille seiner Jacke saß unterhalb seiner Hüfte, und der Kragen hing ihm breit auf den Schultern. Merkwürdigerweise reizte mich dieser lächerliche Aufzug ganz und gar nicht zum Lachen. Vielmehr schien diese neuerliche Unverhältnismäßigkeit zu dem zu passen und es noch zu verstärken, was an Abnormem und Missgestaltetem im ureigensten Wesen dieser Kreatur lag, die mir jetzt gegenüberstand – etwas Packendes, Überraschendes und Empörendes. Deshalb kam zu meinem Interesse an Wesen und Charakter des Mannes noch die Neugier hinzu, etwas über

as to his origin, his life, his fortune and status in the world.

These observations, though they have taken so great a space to be set down in, were yet the work of a few seconds. My visitor was, indeed, on fire with sombre excitement.

"Have you got it?" he cried. "Have you got it?" And so lively was his impatience that he even laid his hand upon my arm and sought to shake me.

I put him back, conscious at his touch of a certain icy pang along my blood. "Come, sir," said I. "You forget that I have not yet the pleasure of your acquaintance. Be seated, if you please." And I showed him an example, and sat down myself in my customary seat and with as fair an imitation of my ordinary manner to a patient, as the lateness of the hour, the nature of my preoccupations, and the horror I had of my visitor, would suffer me to muster.

"I beg your pardon, Dr. Lanyon," he replied civilly enough. "What you say is very well founded; and my impatience has shown its heels to my politeness. I come here at the instance of your colleague, Dr. Henry Jekyll, on a piece of business of some moment; and I understood ..." he paused and put his hand to his throat, and I could see, in spite of his collected manner, that he was wrestling against the approaches of the hysteria—"I understood, a drawer ..."

But here I took pity on my visitor's suspense, and some perhaps on my own growing curiosity.

seine Herkunft, sein Leben, sein Schicksal und seine Stellung in der Welt zu erfahren.

Obwohl die Niederschrift dieser Beobachtungen hier einen so großen Raum eingenommen hat, waren sie das Ergebnis weniger Sekunden, denn mein Besucher brannte vor finsterer Erregung.

»Haben Sie es?«, rief er. »Haben Sie es?« Seine Ungeduld war so lebhaft, dass er mir sogar seine Hand auf den Arm legte und mich zu schütteln versuchte.

Ich stieß ihn zurück, denn bei seiner Berührung durchlief mich ein eisiger Schauder. »Nicht doch, Sir«, sagte ich. »Sie vergessen, dass ich noch nicht das Vergnügen Ihrer Bekanntschaft habe. Bitte, setzen Sie sich.« Und ich ging mit gutem Beispiel voran und setzte mich auf meinen gewohnten Platz, indem ich mein gewöhnliches Verhalten einem Patienten gegenüber so gut nachahmte, wie es die späte Stunde, mein Voreingenommensein und das Grauen vor meinem Besucher zuließen.

»Ich bitte um Verzeihung, Dr. Lanyon«, antwortete er sehr höflich. »Was Sie sagen, ist völlig berechtigt – meine Ungeduld hat meiner Höflichkeit einen Streich gespielt. Ich komme im Auftrag Ihres Kollegen, Dr. Henry Jekyll, in einer Angelegenheit von recht großer Bedeutung, und mir wurde gesagt ...« Er stockte und fuhr sich mit der Hand an den Hals, und ich konnte, obwohl er sich zusammennahm, sehen, dass er gegen einen beginnenden hysterischen Anfall ankämpfte. »Mir wurde gesagt, eine Schublade ...«

Ich erbarmte mich der Anspannung meines Besuchers und vielleicht auch meiner eigenen wachsenden Neugier.

"There it is, sir," said I, pointing to the drawer, where it lay on the floor behind a table and still covered with the sheet.

He sprang to it, and then paused, and laid his hand upon his heart; I could hear his teeth grate with the convulsive action of his jaws; and his face was so ghastly to see that I grew alarmed both for his life and reason.

"Compose yourself," said I.

He turned a dreadful smile to me, and as if with the decision of despair, plucked away the sheet. At sight of the contents, he uttered one loud sob of such immense relief that I sat petrified. And the next moment, in a voice that was already fairly well under control, "Have you a graduated glass?" he asked.

I rose from my place with something of an effort and gave him what he asked.

He thanked me with a smiling nod, measured out a few minims of the red tincture and added one of the powders. The mixture, which was at first of a reddish hue, began, in proportion as the crystals melted, to brighten in colour, to effervesce audibly, and to throw off small fumes of vapour. Suddenly and at the same moment, the ebullition ceased and the compound changed to a dark purple, which faded again more slowly to a watery green. My visitor, who had watched these meta-

»Da ist sie, Sir«, sagte ich und zeigte auf die Schublade, die noch immer in das Tuch gewickelt hinter einem Tisch auf dem Fußboden lag.

Er stürzte darauf zu, dann hielt er inne und legte die Hand auf sein Herz. Ich konnte hören, wie seine Zähne im krampfhaften Spiel seiner Kieferknochen knirschten, und sein Gesicht war so entsetzlich anzusehen, dass ich für sein Leben und seinen Verstand zu fürchten begann.

»Fassen Sie sich«, sagte ich.

Er wandte sich mit einem fürchterlichen Lächeln zu mir um und riss dann wie mit der Entschlossenheit der Verzweiflung das Tuch weg. Beim Anblick des Inhalts stieß er einen lauten Seufzer so ungeheurer Erleichterung aus, dass ich wie versteinert dasaß. Und im nächsten Augenblick fragte er mich mit einer Stimme, die er schon wieder halbwegs in der Gewalt hatte: »Haben Sie ein Messglas?«

Ich erhob mich mit einiger Anstrengung von meinem Stuhl und gab ihm das Gewünschte.

Er dankte mir lächelnd mit einem Nicken, maß eine winzige Menge von der roten Tinktur ab und schüttete eines von den Pulvern dazu. Die Mischung, die anfangs eine rötliche Färbung gehabt hatte, begann, je mehr die Kristalle schmolzen, sich aufzuhellen, hörbar zu sprudeln und kleine Dampfwolken zu bilden. Plötzlich hörte das Schäumen auf und gleichzeitig veränderte sich die Farbe zu dunklem Purpurrot, das dann allmählich in ein wässriges Grün überging. Mein Besucher, der diese Verwandlungen mit scharfem Blick beobachtet hatte, lächelte,

morphoses with a keen eye, smiled, set down the glass upon the table, and then turned and looked upon me with an air of scrutiny.

"And now," said he, "to settle what remains. Will you be wise? will you be guided? will you suffer me to take this glass in my hand and to go forth from your house without further parley? or has the greed of curiosity too much command of you? Think before you answer, for it shall be done as you decide. As you decide, you shall be left as you were before, and neither richer nor wiser, unless the sense of service rendered to a man in mortal distress may be counted as a kind of riches of the soul. Or, if you shall so prefer to choose, a new province of knowledge and new avenues to fame and power shall be laid open to you, here, in this room, upon the instant; and your sight shall be blasted by a prodigy to stagger the unbelief of Satan."

"Sir," said I, affecting a coolness that I was far from truly possessing, "you speak enigmas, and you will perhaps not wonder that I hear you with no very strong impression of belief. But I have gone too far in the way of inexplicable services to pause before I see the end."

"It is well," replied my visitor. "Lanyon, you remember your vows: what follows is under the seal of our profession. And now, you who have so

stellte das Glas auf den Tisch, wandte sich dann um und sah mich prüfend an.

»Und jetzt«, sagte er, »müssen wir das Übrige klären. Wollen Sie klug sein? Wollen Sie einem guten Rat folgen? Wollen Sie mir gestatten, dieses Glas zu ergreifen und Ihr Haus zu verlassen, ohne dass wir weiter darüber reden? Oder hat Ihre Neugier Sie schon zu stark in ihrer Gewalt? Überlegen Sie, bevor Sie antworten, denn es soll so geschehen, wie Sie es entscheiden. Je nachdem, wie Sie sich entscheiden, bleibt für Sie alles wie zuvor, Sie werden weder reicher noch klüger sein, wenn man nicht das Gefühl, einem Menschen in Todesnot einen Dienst erwiesen zu haben, als Bereicherung für die Seele betrachten will. Wenn Sie es allerdings vorziehen, sich anders zu entscheiden, werden sich Ihnen ein neuer Bereich des Wissens und neue Wege zu Ruhm und Macht eröffnen, hier, in diesem Zimmer, in diesem Augenblick. Und Ihre Augen sollen geblendet werden von einem Wunder, das den Unglauben Satans erschüttern würde!«

»Sir«, sagte ich und täuschte eine Kaltblütigkeit vor, die ich in Wahrheit ganz und gar nicht besaß, »Sie sprechen in Rätseln und werden sich wahrscheinlich nicht darüber wundern, dass Ihre Worte keinen sehr glaubwürdigen Eindruck auf mich machen. Aber ich bin mit meinen unerklärlichen Diensten schon zu weit gegangen, um damit aufzuhören, bevor ich das Ende gesehen habe.«

»Gut«, erwiderte mein Besucher. »Lanyon, denken Sie an Ihren Eid: Was jetzt folgt, unterliegt der Schweigepflicht unseres Berufes. Und jetzt – Sie, der Sie so lange

long been bound to the most narrow and material views, you who have denied the virtue of transcendental medicine, you who have derided your superiors—behold!"

He put the glass to his lips and drank at one gulp. A cry followed; he reeled, staggered, clutched at the table and held on, staring with injected eyes, gasping with open mouth; and as I looked there came, I thought, a change—he seemed to swell—his face became suddenly black and the features seemed to melt and alter—and the next moment, I had sprung to my feet and leaped back against the wall, my arm raised to shield me from that prodigy, my mind submerged in terror.

"O God!" I screamed, and "O God!" again and again; for there before my eyes—pale and shaken, and half fainting, and groping before him with his hands, like a man restored from death—there stood Henry Jekyll!

What he told me in the next hour, I cannot bring my mind to set on paper. I saw what I saw, I heard what I heard, and my soul sickened at it; and yet now when that sight has faded from my eyes, I ask myself if I believe it, and I cannot answer. My life is shaken to its roots; sleep has left me; the deadliest terror sits by me at all hours of the day and night; I feel that my days are numbered, and that I must die; and yet I shall die incredulous. As for

an die engen, materiellen Ansichten gebunden waren, Sie, der Sie die Wirksamkeit der transzendentalen Medizin geleugnet haben, Sie, der Sie alle, die Ihnen überlegen sind, belächelt haben – sehen Sie!«

Er setzte das Glas an die Lippen und trank es in einem Zug aus. Ein Schrei folgte, er schwankte, taumelte, griff nach dem Tisch und hielt sich an ihm fest, mit hervorquellenden Augen starrend, mit offenem Mund keuchend; und während ich ihn ansah, schien es mir, als begänne eine Veränderung: Er schien anzuschwellen, sein Gesicht wurde plötzlich schwarz, seine Züge schienen zu schmelzen und sich zu verändern – und im nächsten Augenblick war ich aufgesprungen und rückwärts gegen die Wand getaumelt, meinen Arm erhoben, um mich vor diesem ungeheuerlichen Wunder zu schützen, mein Verstand vom Schrecken überwältigt.

»O Gott!«, schrie ich, und wieder und wieder: »O Gott!«, denn dort vor meinen Augen – bleich und zitternd und halb ohnmächtig und mit den Händen sich vortastend wie ein Mensch, der von den Toten auferstanden ist – stand Henry Jekyll!

Was er mir in der nächsten Stunde erzählte, vermag ich nicht zu Papier zu bringen. Ich sah, was ich sah, ich hörte, was ich hörte, und meine Seele wurde krank davon. Und doch frage ich mich jetzt, da dieser Anblick meinen Augen entschwunden ist, ob ich es glaube, und finde keine Antwort darauf. Mein Leben ist bis in seine Wurzeln erschüttert, der Schlaf hat mich verlassen, Todesangst begleitet mich jede Stunde des Tages und der Nacht, ich fühle, dass meine Tage gezählt sind und dass ich sterben

the moral turpitude that man unveiled to me, even with tears of penitence, I cannot, even in memory, dwell on it without a start of horror. I will say but one thing, Utterson, and that (if you can bring your mind to credit it) will be more than enough. The creature who crept into my house that night was, on Jekyll's own confession, known by the name of Hyde and hunted for in every corner of the land as the murderer of Carew.

HASTIE LANYON.

muss. Und doch werde ich ungläubig sterben. An die moralische Verworfenheit, die jener Mensch mir, wenn auch unter Tränen der Reue, enthüllte, kann ich selbst in der Erinnerung nicht ohne einen Schauder des Entsetzens denken. Ich will nur eines sagen, Utterson, und dies (wenn Du es zu glauben vermagst) wird mehr als genug sein. Die Kreatur, die sich in jener Nacht in mein Haus schlich, war nach Jekylls eigenem Geständnis unter dem Namen Hyde bekannt und wurde in jedem Winkel des Landes gesucht als Mörder Carews.

Hastie Lanyon.

HENRY JEKYLL'S FULL STATEMENT OF THE CASE.

I was born in the year 18— to a large fortune, endowed besides with excellent parts, inclined by nature to industry, fond of the respect of the wise and good among my fellow-men, and thus, as might have been supposed, with every guarantee of an honourable and distinguished future. And indeed the worst of my faults was a certain impatient gaiety of disposition, such as has made the happiness of many, but such as I found it hard to reconcile with my imperious desire to carry my head high, and wear a more than commonly grave countenance before the public. Hence it came about that I concealed my pleasures; and that when I reached years of reflection, and began to look round me and take stock of my progress and position in the world, I stood already committed to a profound duplicity of life. Many a man would have even blazoned such irregularities as I was guilty of; but from the high views that I had set before me, I regarded and hid them with an almost morbid sense of shame. It was thus rather the exacting nature of my aspirations than any particular degradation in my faults, that made me what I was and, with even a deeper trench than in the majority of men, severed in me those provinces of good and ill which divide and com-

Henry Jekylls vollständiger Fallbericht

Ich wurde im Jahre 18.. als Erbe eines großen Vermögens geboren, war darüber hinaus mit vortrefflichen Fähigkeiten gesegnet, von Natur aus fleißig, strebte nach der Achtung der Klugen und Guten unter meinen Mitmenschen und besaß damit, so hätte man annehmen sollen, jede Gewähr für eine ehrenhafte und ausgezeichnete Laufbahn. In der Tat war mein schlimmster Fehler eine gewisse ungezähmte Neigung zu Vergnügungen, die schon viele glücklich gemacht haben, die sich aber schwer mit meinem hochtrabenden Wunsch vereinbaren ließen, meinen Kopf hoch zu tragen und in der Öffentlichkeit mit besonderer Würde aufzutreten. So kam es, dass ich meine Vergnügungen verheimlichte, und als ich in die Jahre kam, in denen man sich zu besinnen beginnt, und anfing, mich umzuschauen und über meinen Fortschritt und meine Stellung in der Welt Bilanz zu ziehen, da war ich bereits tief in ein Doppelleben verstrickt. Manch einer hätte sich solcher Verfehlungen, wie ich sie mir zuschulden kommen ließ, noch gerühmt, aber in Anbetracht der hohen Ziele, die ich mir gesteckt hatte, betrachtete und verbarg ich sie mit einem fast krankhaften Gefühl der Scham. So waren es wohl eher meine ehrgeizigen Ziele als eine besondere Schändlichkeit meiner Verfehlungen, die mich zu dem machten, was ich war, und die zwischen den Bereichen von Gut und Böse, welche die zweigeteilte Natur des Menschen trennen und wieder verbinden, bei

pound man's dual nature. In this case, I was driven to reflect deeply and inveterately on that hard law of life, which lies at the root of religion and is one of the most plentiful springs of distress. Though so profound a double-dealer, I was in no sense a hypocrite; both sides of me were in dead earnest; I was no more myself when I laid aside restraint and plunged in shame, than when I laboured, in the eye of day, at the furtherance of knowledge or the relief of sorrow and suffering. And it chanced that the direction of my scientific studies, which led wholly towards the mystic and the transcendental, reacted and shed a strong light on this consciousness of the perennial war among my members. With every day, and from both sides of my intelligence, the moral and the intellectual, I thus drew steadily nearer to that truth, by whose partial discovery I have been doomed to such a dreadful shipwreck: that man is not truly one, but truly two. I say two, because the state of my own knowledge does not pass beyond that point. Others will follow, others will outstrip me on the same lines; and I hazard the guess that man will be ultimately known for a mere polity of multifarious, incongruous and independent denizens. I for my part, from the nature of my life, advanced infallibly in one direction and in one direction only. It was on the moral side, and in my own person, that I learned to recognise the thorough and primitive duality of man; I saw that, of

mir einen tieferen Graben gezogen hatten als bei den meisten anderen Menschen. Unter diesen Umständen wurde ich dazu getrieben, tief und anhaltend über jenes harte Gesetz des Lebens nachzudenken, das eine Wurzel der Religion und eine der ergiebigsten Quellen des Leids ist. Obwohl ich so konsequent ein doppeltes Spiel trieb, war ich doch keineswegs ein Heuchler. Mit beiden Seiten meines Wesens war es mir todernst: Ich war genauso ich selbst, wenn ich alle Zurückhaltung fahren ließ und in Schande fiel, wie wenn ich mich im Licht des Tages um den Fortschritt der Wissenschaft oder die Linderung von Sorgen und Leid bemühte. Und es traf sich, dass die Richtung meiner wissenschaftlichen Forschungen, die ganz auf das Mystische und Transzendentale zielten, auf die Erkenntnis dieses ewigen Kampfes in meinem Innern zurückwirkte und sie erleuchtete. Mit jedem Tag und von beiden Seiten meiner Verstandeskraft, der moralischen und der intellektuellen, näherte ich mich so unentwegt jener Wahrheit, durch deren teilweise Entdeckung ich zu einem so entsetzlichen Scheitern verurteilt worden bin: dass der Mensch in Wahrheit nicht einer, sondern wahrhaftig zwei ist. Ich sage zwei, weil der Stand meiner Erkenntnis über diesen Punkt nicht hinausgeht. Andere werden folgen, andere werden mich auf diesem Weg überholen, und ich wage zu vermuten, dass man den Menschen einst als reines Gemeinwesen aus vielfältigen, gegensätzlichen und unabhängigen Bürgern ansehen wird. Ich für meinen Teil, entsprechend meiner Lebensweise, schritt unbeirrbar in eine Richtung voran, und nur in diese eine Richtung. Was die moralische Seite betraf,

the two natures that contended in the field of my consciousness, even if I could rightly be said to be either, it was only because I was radically both; and from an early date, even before the course of my scientific discoveries had begun to suggest the most naked possibility of such a miracle, I had learned to dwell with pleasure, as a beloved daydream, on the thought of the separation of these elements. If each, I told myself, could but be housed in separate identities, life would be relieved of all that was unbearable; the unjust might go his way, delivered from the aspirations and remorse of his more upright twin; and the just could walk steadfastly and securely on his upward path, doing the good things in which he found his pleasure, and no longer exposed to disgrace and penitence by the hands of this extraneous evil. It was the curse of mankind that these incongruous faggots were thus bound together—that in the agonised womb of consciousness, these polar twins should be continuously struggling. How, then, were they dissociated?

I was so far in my reflections when, as I have said, a side light began to shine upon the subject from the laboratory table. I began to perceive more deeply than it has ever yet been stated, the trembling immateriality, the mist-like transience, of this seemingly so solid body in which we walk

lernte ich an mir selbst die tiefe und ureigene Dualität des Menschen kennen. Ich sah, dass selbst wenn ich rechtmäßig als eine der beiden Naturen, die im Bereich meines Bewusstseins miteinander rangen, gelten konnte, dies nur deshalb so war, weil ich im Grunde beide war. Und schon früh, sogar noch bevor der Verlauf meiner wissenschaftlichen Entdeckungen mich die schiere Möglichkeit eines solchen Wunders ahnen ließ, verweilte ich oft mit Vergnügen bei dem Gedanken der Trennung dieser Elemente wie bei einem geliebten Tagtraum. Wenn jedes von ihnen, so sagte ich mir, in getrennten Persönlichkeiten untergebracht werden könnte, würde das Leben von allem Unerträglichen erleichtert sein: Der Ungerechte könnte seinen Weg gehen, frei von den Erwartungen und Gewissensbissen seines ehrlichen Zwillingsbruders – und der Gerechte könnte standhaft und sicher seinen aufsteigenden Pfad gehen, die guten Dinge tun, die ihm Freude machten, ohne länger durch das ihm wesensfremde Böse der Schande und Reue ausgesetzt zu sein. Es war der Fluch der Menschheit, dass dieses ungleiche Bündel so zusammengeschnürt war – dass diese gegensätzlichen Zwillinge im gequälten Schoß des Bewusstseins unaufhörlich gegeneinander kämpfen müssen. Doch wie sollten sie voneinander getrennt werden?

So weit war ich mit meinen Überlegungen gekommen, als, wie ich bereits sagte, etwas Licht vom Experimentiertisch diese Sache zu erhellen begann. Ich fing an, nachhaltiger als je ein Mensch zuvor, die zitternde Unkörperlichkeit, den nebelgleichen Übergangszustand dieses scheinbar so festen Körpers, in den gekleidet wir durch die Welt

attired. Certain agents I found to have the power to shake and to pluck back that fleshly vestment, even as a wind might toss the curtains of a pavilion. For two good reasons, I will not enter deeply into this scientific branch of my confession. First, because I have been made to learn that the doom and burthen of our life is bound forever on man's shoulders, and when the attempt is made to cast it off, it but returns upon us with more unfamiliar and more awful pressure. Second, because as my narrative will make alas! too evident, my discoveries were incomplete. Enough, then, that I not only recognised my natural body for the mere aura and effulgence of certain of the powers that made up my spirit, but managed to compound a drug by which these powers should be dethroned from their supremacy, and a second form and countenance substituted, none the less natural to me because they were the expression, and bore the stamp, of lower elements in my soul.

I hesitated long before I put this theory to the test of practice. I knew well that I risked death; for any drug that so potently controlled and shook the very fortress of identity, might by the least scruple of an overdose or at the least inopportunity in the moment of exhibition, utterly blot out that immaterial tabernacle which I looked to it to change. But the temptation of a discovery so singular and profound, at last overcame the suggestions of alarm. I had long since prepared my tinc-

gehen, zu begreifen. Ich entdeckte, dass gewisse Substanzen die Macht haben, dieses fleischliche Kleid zu erschüttern und abzustreifen, wie ein Windstoß die Bahnen eines Zeltes emporweht. Aus zwei guten Gründen will ich nicht tiefer auf diese wissenschaftliche Seite meiner Beichte eingehen. Erstens, weil ich habe erfahren müssen, dass der Fluch und die Bürde des Lebens dem Menschen für ewig auf die Schultern gelegt ist und dass beides mit neuem und noch schrecklicherem Druck auf uns zurückfällt, wenn man den Versuch macht, diese abzuschütteln. Zweitens, weil meine Erzählung leider nur allzu deutlich zeigen wird, dass meine Entdeckungen unvollständig waren. Es soll also genügen, dass ich nicht nur meinen natürlichen Körper als bloße Hülle und Abglanz einiger Kräfte erkannte, die meinen Geist bildeten, sondern dass es mir auch gelang, ein Mittel zusammenzustellen, das diese Kräfte ihrer Vorherrschaft berauben und durch eine zweite Gestalt und ein zweites Gesicht ersetzen sollte, die für mich nicht weniger natürlich waren, denn sie waren der Ausdruck niederer Elemente meiner Seele und trugen deren Stempel.

Ich zögerte lange, bis ich diese Theorie in der Praxis auf die Probe stellte. Ich wusste wohl, dass ich mein Leben riskierte, denn ein Mittel, das so kraftvoll das starke Bollwerk der Identität beherrschte und erschütterte, konnte durch das kleinste Quäntchen einer Überdosierung oder durch die geringste Unachtsamkeit im Augenblick der Anwendung das unkörperliche Tabernakel, das ich damit verändern wollte, auslöschen. Aber die Versuchung einer so einzigartigen und grundlegenden Entdeckung besiegte schließlich die ängstlichen Bedenken.

ture; I purchased at once, from a firm of wholesale chemists, a large quantity of a particular salt which I knew, from my experiments, to be the last ingredient required; and late one accursed night, I compounded the elements, watched them boil and smoke together in the glass, and when the ebullition had subsided, with a strong glow of courage, drank off the potion.

The most racking pangs succeeded: a grinding in the bones, deadly nausea, and a horror of the spirit that cannot be exceeded at the hour of birth or death. Then these agonies began swiftly to subside, and I came to myself as if out of a great sickness. There was something strange in my sensations, something indescribably new and, from its very novelty, incredibly sweet. I felt younger, lighter, happier in body; within I was conscious of a heady recklessness, a current of disordered sensual images running like a mill race in my fancy, a solution of the bonds of obligation, an unknown but not an innocent freedom of the soul. I knew myself, at the first breath of this new life, to be more wicked, tenfold more wicked, sold a slave to my original evil; and the thought, in that moment, braced and delighted me like wine. I stretched out my hands, exulting in the freshness of these sensations; and in the act, I was suddenly aware that I had lost in stature.

Ich hatte meine Tinktur längst hergestellt, nun kaufte ich sofort von einer Großhandlung für Apothekerwaren eine erhebliche Menge eines speziellen Salzes, das, wie ich nach meinen Experimenten wusste, der letzte erforderliche Inhaltsstoff war. Zu später Stunde in einer verfluchten Nacht mischte ich die Bestandteile, sah sie im Glas sieden und dampfen, und als das Aufschäumen nachgelassen hatte, nahm ich all meinen Mut zusammen und trank das Gebräu bis auf den letzten Tropfen.

Rasende Schmerzen folgten: ein Knirschen in den Knochen, tödliche Übelkeit und eine Seelenangst, wie sie in der Stunde der Geburt oder des Todes nicht schlimmer sein kann. Dann ließen die Schmerzen rasch nach und ich kam wie nach einer schweren Krankheit wieder zu mir. Es war etwas Fremdartiges in meinem Empfinden, etwas unbeschreiblich Neues und in seiner Neuheit unglaublich Süßes. Ich fühlte mich körperlich jünger, leichter, glücklicher, in meinem Inneren spürte ich eine verwegene Sorglosigkeit, ein Strom ungeordneter sinnlicher Bilder rauschte wie ein Mühlbach durch meine Fantasie, ich fühlte mich von den Banden der Pflicht befreit, eine unbekannte, aber nicht unschuldige Freiheit der Seele erfüllte mich. Mit dem ersten Atemzug dieses neuen Lebens wusste ich, dass ich niederträchtiger, zehnmal niederträchtiger geworden war, ein Sklave des ursprünglichen Bösen in mir, und dieser Gedanke erfrischte und entzückte mich in diesem Augenblick wie Wein. Jauchzend angesichts der Frische dieser Empfindungen streckte ich meine Hände aus, und als ich dies tat, bemerkte ich plötzlich, dass ich kleiner geworden war.

There was no mirror, at that date, in my room; that which stands beside me as I write, was brought there later on and for the very purpose of these transformations. The night, however, was far gone into the morning—the morning, black as it was, was nearly ripe for the conception of the day—the inmates of my house were locked in the most rigorous hours of slumber; and I determined, flushed as I was with hope and triumph, to venture in my new shape as far as to my bedroom. I crossed the yard, wherein the constellations looked down upon me, I could have thought, with wonder, the first creature of that sort that their unsleeping vigilance had yet disclosed to them; I stole through the corridors, a stranger in my own house; and coming to my room, I saw for the first time the appearance of Edward Hyde.

I must here speak by theory alone, saying not that which I know, but that which I suppose to be most probable. The evil side of my nature, to which I had now transferred the stamping efficacy, was less robust and less developed than the good which I had just deposed. Again, in the course of my life, which had been, after all, nine tenths a life of effort, virtue and control, it had been much less exercised and much less exhausted. And hence, as I think, it came about that Edward Hyde was so much smaller, slighter and younger than Henry Jekyll. Even as good shone upon the countenance of the one, evil was written broadly and plainly on

In meinem Zimmer war damals noch kein Spiegel. Der jetzt hier neben mir steht, während ich schreibe, wurde erst später und eigens, um diesen Verwandlungen zu dienen, aufgestellt. Die Nacht war indessen bereits weit fortgeschritten – der Morgen, schwarz und finster noch, war schon fast reif, den Tag zu empfangen –, die Bewohner meines Hauses lagen zu dieser Stunde in tiefstem Schlaf. Durchströmt von Hoffnung und Triumphgefühl wie ich war, beschloss ich, mich in meiner neuen Gestalt bis in mein Schlafzimmer zu wagen. Ich überquerte den Hof, wo die Sternbilder, so wollte es mir vorkommen, mit Verwunderung auf mich herabblickten, das erste Geschöpf dieser Art, das ihre unermüdliche Wachsamkeit ihnen bislang offenbart hatte. Ich stahl mich durch die Korridore, ein Fremder im eigenen Haus, und als ich in mein Zimmer kam, sah ich zum ersten Mal die Erscheinung Edward Hydes.

Ich kann hier nur theoretisch argumentieren und nicht sagen, was ich weiß, sondern nur, was ich für das Wahrscheinlichste halte. Die böse Seite meines Wesens, der ich jetzt schöpferische Kraft verliehen hatte, war weniger stark und weniger entwickelt als die gute, die ich soeben abgelegt hatte. Außerdem ist im Laufe meines Lebens, das trotz allem zu neun Zehnteln ein Leben der Arbeit, Tugend und Selbstbeherrschung gewesen ist, diese Seite viel weniger zum Einsatz gekommen und viel weniger ermüdet worden. Daher kam es, wie ich glaube, dass Edward Hyde so viel kleiner, leichter und jünger war als Henry Jekyll. So wie das Gute aus dem Antlitz des einen strahlte, stand auf dem Gesicht des anderen klar und deutlich das

the face of the other. Evil besides (which I must still believe to be the lethal side of man) had left on that body an imprint of deformity and decay. And yet when I looked upon that ugly idol in the glass, I was conscious of no repugnance, rather of a leap of welcome. This, too, was myself. It seemed natural and human. In my eyes it bore a livelier image of the spirit, it seemed more express and single, than the imperfect and divided countenance, I had been hitherto accustomed to call mine. And in so far I was doubtless right. I have observed that when I wore the semblance of Edward Hyde, none could come near to me at first without a visible misgiving of the flesh. This, as I take it, was because all human beings, as we meet them, are commingled out of good and evil: and Edward Hyde, alone in the ranks of mankind, was pure evil.

I lingered but a moment at the mirror: the second and conclusive experiment had yet to be attempted; it yet remained to be seen if I had lost my identity beyond redemption and must flee before daylight from a house that was no longer mine; and hurrying back to my cabinet, I once more prepared and drank the cup, once more suffered the pangs of dissolution, and came to myself once more with the character, the stature and the face of Henry Jekyll.

Böse geschrieben. Außerdem hatte das Böse (das ich noch immer für das Todbringende im Menschen halte) diesem Körper einen Stempel von Missgestaltung und Verfall aufgedrückt. Und doch empfand ich, als ich dieses hässliche Phantom im Spiegel betrachtete, keinen Widerwillen, sondern eher ein Gefühl freudiger Begrüßung. Auch dies war ich selbst. Es erschien mir natürlich und menschlich. In meinen Augen war es ein lebendigeres Abbild des Geistes, es schien ebenbildlicher und einheitlicher zu sein als die unvollkommene, zwiespältige Gestalt, die ich bisher gewohnt war, als meine eigene zu bezeichnen. Und insofern hatte ich zweifellos recht. Ich habe bemerkt, dass, wenn ich das Aussehen Edward Hydes trug, sich mir zunächst niemand ohne körperlich sichtbaren Argwohn nähern konnte. Dies geschah nach meiner Auffassung deshalb, weil alle menschlichen Wesen, die uns begegnen, zugleich Gutes und Böses in sich tragen, und Edward Hyde war als Einziger unter allen Menschen ausschließlich böse.

Ich verweilte nur einen Augenblick vor dem Spiegel: Das zweite und entscheidende Experiment musste noch versucht werden, es blieb noch festzustellen, ob ich meine Identität unwiederbringlich verloren hatte und vor Tagesanbruch aus einem Haus fliehen musste, das nicht länger mir gehörte. Ich eilte in mein Arbeitszimmer zurück, mischte und trank noch einmal den Kelch, erlitt erneut die Schmerzen der Auflösung und kam wieder zu mir mit dem Charakter, der Gestalt und dem Gesicht Henry Jekylls.

That night I had come to the fatal cross roads. Had I approached my discovery in a more noble spirit, had I risked the experiment while under the empire of generous or pious aspirations, all must have been otherwise, and from these agonies of death and birth, I had come forth an angel instead of a fiend. The drug had no discriminating action; it was neither diabolical nor divine; it but shook the doors of the prisonhouse of my disposition; and like the captives of Philippi, that which stood within ran forth. At that time my virtue slumbered; my evil, kept awake by ambition, was alert and swift to seize the occasion; and the thing that was projected was Edward Hyde. Hence, although I had now two characters as well as two appearances, one was wholly evil, and the other was still the old Henry Jekyll, that incongruous compound of whose reformation and improvement I had already learned to despair. The movement was thus wholly toward the worse.

Even at that time, I had not yet conquered my aversion to the dryness of a life of study. I would still be merrily disposed at times; and as my pleasures were (to say the least) undignified, and I was not only well known and highly considered, but growing towards the elderly man, this incoherency of my life was daily growing more unwelcome. It was on this side that my new power tempted me until I fell in slavery. I had but to drink the cup, to doff at once the body of the noted

In jener Nacht war ich an dem verhängnisvollen Scheideweg angelangt. Wäre ich mit edlerer Absicht an meine Entdeckung herangetreten und hätte ich das Experiment unter der Herrschaft hochherziger oder frommer Bestrebungen gewagt, wäre alles anders gekommen und ich wäre aus diesen Todes- und Geburtsqualen als Engel statt als Teufel hervorgegangen. Der Trank selbst hatte keine schädliche Wirkung, er war weder teuflisch noch göttlich, er sprengte nur die Gefängnistore meines Naturells, und was drinnen war, stürmte heraus wie die Gefangenen von Philippi. Damals schlummerte meine Tugend; das Böse in mir aber, durch Ehrgeiz wach gehalten, war bereit und rasch zur Stelle, die Gelegenheit zu ergreifen; und das Ding, das erschaffen wurde, war Edward Hyde. Obwohl ich jetzt sowohl zwei Charaktere als auch zwei äußere Erscheinungsformen hatte, war doch der eine vollkommen böse und der andere noch immer der alte Henry Jekyll, jene widersprüchliche Mischung, an deren Läuterung und Veredelung ich schon längst verzweifelt war. Es entwickelte sich also ganz und gar zum Schlechteren hin.

Selbst damals hatte ich meine Abneigung gegen ein trockenes Gelehrtenleben noch nicht überwunden. Hin und wieder stand mir der Sinn noch immer nach Heiterkeit, und da meine Vergnügungen (gelinde gesagt) würdelos waren und ich nicht nur allgemein bekannt und hoch geachtet war, sondern auch immer mehr zu einem älteren Mann reifte, wurde mir dieser Zwiespalt in meinem Leben von Tag zu Tag lästiger. Dies war der Punkt, an dem meine neue Macht mich versuchte, bis ich ihr Sklave wurde. Ich brauchte nur den Kelch zu leeren, um den

professor, and to assume, like a thick cloak, that of Edward Hyde. I smiled at the notion; it seemed to me at the time to be humorous; and I made my preparations with the most studious care. I took and furnished that house in Soho, to which Hyde was tracked by the police; and engaged as housekeeper a creature whom I well knew to be silent and unscrupulous. On the other side, I announced to my servants that a Mr. Hyde (whom I described) was to have full liberty and power about my house in the square; and to parry mishaps, I even called and made myself a familiar object, in my second character. I next drew up that will to which you so much objected; so that if anything befell me in the person of Dr. Jekyll, I could enter on that of Edward Hyde without pecuniary loss. And thus fortified, as I supposed, on every side, I began to profit by the strange immunities of my position.

Men have before hired bravos to transact their crimes, while their own person and reputation sat under shelter. I was the first that ever did so for his pleasures. I was the first that could thus plod in the public eye with a load of genial respectability, and in a moment, like a schoolboy, strip off these lendings and spring headlong into the sea of liberty. But for me, in my impenetrable mantle, the safety was complete. Think of it—I did not

Körper des bekannten Professors augenblicklich abzuwerfen und wie in einen dicken Mantel in den Körper Edward Hydes zu schlüpfen. Ich lächelte bei dieser Vorstellung, sie erschien mir damals komisch, und ich traf mit größter Sorgfalt meine Vorbereitungen. Ich mietete und möblierte jenes Haus in Soho, wohin die Polizei Hydes Spur zurückverfolgte, und stellte als Haushälterin eine Person ein, von der ich genau wusste, dass sie verschwiegen und gewissenlos war. Andererseits kündigte ich meiner Dienerschaft an, dass ein gewisser Mr. Hyde (den ich genau beschrieb) in meinem Haus am Square alle Freiheiten und Vollmachten genießen sollte. Und um Missverständnissen vorzubeugen, ging ich sogar in meiner zweiten Gestalt dorthin und machte mich zu einer allgemein bekannten Erscheinung. Als Nächstes setzte ich jenes Testament auf, gegen das Du so viel einzuwenden hattest, damit ich, falls mir in der Person Dr. Jekylls etwas zustieß, ohne Vermögensverlust als Edward Hyde auftreten konnte. Auf diese Weise nach allen Seiten hin abgesichert, wie ich annahm, fing ich an, aus der seltsamen Unantastbarkeit meiner Lage Nutzen zu ziehen.

Früher heuerten Menschen Schurken an, um ihre Verbrechen auszuführen, während sie selbst und ihr Ruf geschützt waren. Ich war der Erste, der es selbst tat und um sich zu vergnügen. Ich war der Erste, der sich so in den Augen der Öffentlichkeit mit einem hohen Maß an liebenswürdiger Ehrbarkeit bewegen konnte, um im nächsten Augenblick wie ein Schuljunge diese geborgten Kleider abzustreifen und sich kopfüber in das Meer der Freiheit zu stürzen. Für mich war die Sicherheit in meinem

even exist! Let me but escape into my laboratory door, give me but a second or two to mix and swallow the draught that I had always standing ready; and whatever he had done, Edward Hyde would pass away like the stain of breath upon a mirror; and there in his stead, quietly at home, trimming the midnight lamp in his study, a man who could afford to laugh at suspicion, would be Henry Jekyll.

The pleasures which I made haste to seek in my disguise were, as I have said, undignified; I would scarce use a harder term. But in the hands of Edward Hyde, they soon began to turn towards the monstrous. When I would come back from these excursions, I was often plunged into a kind of wonder at my vicarious depravity. This familiar that I called out of my own soul, and sent forth alone to do his good pleasure, was a being inherently malign and villainous; his every act and thought centered on self; drinking pleasure with bestial avidity from any degree of torture to another; relentless like a man of stone. Henry Jekyll stood at times aghast before the acts of Edward Hyde; but the situation was apart from ordinary laws, and insidiously relaxed the grasp of conscience. It was Hyde, after all, and Hyde alone, that was guilty. Jekyll was no worse; he woke again to his good qualities seemingly unimpaired; he

undurchdringlichen Mantel vollkommen. Bedenke – ich existierte ja nicht einmal! Ich brauchte nur durch die Tür in mein Laboratorium zu flüchten, ein, zwei Sekunden Zeit zu haben, um den Trank, der stets bereitstand, anzurühren und hinunterzuschlucken, und Edward Hyde, was auch immer er getan hatte, wäre verschwunden wie der Hauch des Atems von einem Spiegel, und an seiner Stelle säße ruhig in seinem Haus, die mitternächtliche Leuchte in seinem Arbeitszimmer herunterdrehend, ein Mann, der es sich leisten konnte, über jeden Verdacht zu lachen: Henry Jekyll.

Die Vergnügungen, denen ich in meiner Verkleidung nachjagte, waren, wie schon gesagt, würdelos; als schwerwiegender würde ich sie nicht bezeichnen. Aber in den Händen Edward Hydes verwandelten sie sich bald ins Monströse. Wenn ich von solchen Ausflügen zurückkehrte, erfasste mich oft ein Erstaunen über die Verderbtheit meines Stellvertreters. Dieser dienstbare Geist, den ich aus meiner eigenen Seele ins Leben rief und ausziehen ließ, um seinen Vergnügungen nachzugehen, war ein von Grund auf bösartiges und niederträchtiges Geschöpf. Jede Handlung, jeder Gedanke von ihm waren selbstsüchtig. Mit bestialischer Gier schöpfte er seine Lust aus jeder Art von Qualen, die anderen zugefügt wurden, erbarmungslos wie ein Mann aus Stein. Henry Jekyll stand manchmal entsetzt vor den Taten Edward Hydes, aber die Umstände lagen außerhalb der gewöhnlichen Gesetze und lösten heimtückisch den Griff des Gewissens. Schließlich war Hyde der Schuldige, und nur Hyde allein. Jekyll war deshalb nicht schlechter, er erwachte immer wieder mit

would even make haste, where it was possible, to undo the evil done by Hyde. And thus his conscience slumbered.

Into the details of the infamy at which I thus connived (for even now I can scarce grant that I committed it) I have no design of entering; I mean but to point out the warnings and the successive steps with which my chastisement approached. I met with one accident which, as it brought on no consequence, I shall no more than mention. An act of cruelty to a child aroused against me the anger of a passer by, whom I recognised the other day in the person of your kinsman; the doctor and the child's family joined him; there were moments when I feared for my life; and at last, in order to pacify their too just resentment, Edward Hyde had to bring them to the door, and pay them in a cheque drawn in the name, of Henry Jekyll. But this danger was easily eliminated from the future, by opening an account at another bank in the name of Edward Hyde himself; and when, by sloping my own hand backward, I had supplied my double with a signature, I thought I sat beyond the reach of fate.

Some two months before the murder of Sir Danvers, I had been out for one of my adventures, had returned at a late hour, and woke the next day in bed with somewhat odd sensations. It was in

seinen guten Eigenschaften, scheinbar unverändert, und beeilte sich sogar, wo es möglich war, das von Hyde begangene Böse wieder gutzumachen. Und so schlummerte sein Gewissen.

Ich habe nicht die Absicht, auf die Einzelheiten der Schändlichkeiten einzugehen, denen ich auf diese Weise Vorschub leistete (denn selbst jetzt kann ich kaum zugeben, dass ich sie beging). Ich will nur die Warnzeichen und das schrittweise Herannahen meiner Bestrafung ansprechen. Es gab einen Vorfall, den ich hier nur kurz erwähnen will, da er keine weiteren Folgen nach sich zog. Ein Akt der Grausamkeit gegenüber einem Kind erregte den Zorn eines Passanten, den ich vor kurzem als deinen Verwandten wiedererkannte. Der Arzt und die Familie des Kindes schlossen sich ihm an, einige Augenblicke fürchtete ich um mein Leben, und schließlich, um ihre nur allzu berechtigte Empörung zu beschwichtigen, musste Edward Hyde sie zu der Tür führen und sie mit einem Scheck bezahlen, der im Namen Henry Jekylls ausgestellt war. Eine solche Gefahr aber ließ sich für die Zukunft leicht ausschließen, indem ich bei einer anderen Bank ein Konto auf den Namen Edward Hyde einrichtete. Und nachdem ich durch eine rückwärts geneigte Handschrift meinen Doppelgänger mit einer eigenen Unterschrift ausgestattet hatte, glaubte ich, mich außer Reichweite des Schicksals zu befinden.

Etwa zwei Monate vor der Ermordung von Sir Danvers war ich wieder zu einem meiner Abenteuer ausgegangen und zu später Stunde zurückgekehrt. Ich erwachte am nächsten Morgen in meinem Bett mit leicht befremd-

vain I looked about me; in vain I saw the decent furniture and tall proportions of my room in the square; in vain that I recognised the pattern of the bed curtains and the design of the mahogany frame; something still kept insisting that I was not where I was, that I had not wakened where I seemed to be, but in the little room in Soho where I was accustomed to sleep in the body of Edward Hyde. I smiled to myself, and, in my psychological way, began lazily to inquire into the elements of this illusion, occasionally, even as I did so, dropping back into a comfortable morning doze. I was still so engaged when, in one of my more wakeful moments, my eye fell upon my hand. Now the hand of Henry Jekyll (as you have often remarked) was professional in shape and size: it was large, firm, white and comely. But the hand which I now saw, clearly enough, in the yellow light of a mid-London morning, lying half shut on the bed clothes, was lean, corded, knuckly, of a dusky pallor and thickly shaded with a swart growth of hair. It was the hand of Edward Hyde.

I must have stared upon it for near half a minute, sunk as I was in the mere stupidity of wonder, before terror woke up in my breast as sudden and startling as the crash of cymbals; and bounding from my bed, I rushed to the mirror. At the sight that met my eyes, my blood was changed into something exquisitely thin and icy. Yes, I had gone to bed Henry Jekyll, I had awak-

lichen Gefühlen. Vergeblich blickte ich mich um, vergeblich besah ich die vornehme Einrichtung und die hohen Raumverhältnisse meines Schlafzimmers am Square, vergeblich erkannte ich das Muster der Bettvorhänge und die Form des Mahagonibettrahmens – irgendetwas schien darauf zu beharren, dass ich nicht dort war, wo ich mich befand, dass ich nicht dort erwacht war, wo ich zu sein schien, sondern in dem kleinen Zimmer in Soho, wo ich in der Gestalt Edward Hydes zu schlafen pflegte. Ich lächelte über mich selbst und begann mit psychologischem Interesse träge den Ursachen dieser Illusion nachzugehen, und während ich dies tat, fiel ich zeitweilig wieder in einen behaglichen Morgenschlummer. Während ich noch so dalag, fiel mein Blick in einem der wacheren Augenblicke auf meine Hand. Nun war die Hand Henry Jekylls (wie Du oft bemerkt hast) in Form und Größe die eines Arztes: groß, fest, weiß und wohlgeformt. Aber die Hand, die ich jetzt deutlich genug in dem gelben Licht eines Londoner Morgens halb zur Faust geschlossen auf dem Bettuch liegen sah, war dürr, geädert, knochig, von schwärzlich blasser Farbe und dicht von schwarzen Haaren bedeckt. Es war die Hand Edward Hydes.

Ich muss wohl eine halbe Minute lang in stumpfsinniger Verwunderung darauf gestarrt haben, bevor das Entsetzen in meiner Brust so jäh und unvermittelt erwachte wie ein Paukenschlag. Ich sprang aus dem Bett und stürzte zum Spiegel. Bei dem Anblick, der sich meinen Augen bot, verwandelte sich mein Blut in etwas äußerst Dünnes und Eisiges. Ja, ich war als Henry Jekyll zu Bett gegangen und als Edward Hyde erwacht. Wie war das zu

ened Edward Hyde. How was this to be explained? I asked myself; and then, with another bound of terror—how was it to be remedied? It was well on in the morning; the servants were up; all my drugs were in the cabinet—a long journey, down two pair of stairs, through the back passage, across the open court and through the anatomical theatre, from where I was then standing horror-struck. It might indeed be possible to cover my face; but of what use was that, when I was unable to conceal the alteration in my stature? And then with an overpowering sweetness of relief, it came back upon my mind that the servants were already used to the coming and going of my second self. I had soon dressed, as well as I was able, in clothes of my own size: had soon passed through the house, where Bradshaw stared and drew back at seeing Mr. Hyde at such an hour and in such a strange array; and ten minutes later, Dr. Jekyll had returned to his own shape and was sitting down, with a darkened brow, to make a feint of breakfasting.

Small indeed was my appetite. This inexplicable incident, this reversal of my previous experience, seemed, like the Babylonian finger on the wall, to be spelling out the letters of my judgment; and I began to reflect more seriously than ever before on the issues and possibilities of my double existence. That part of me which I had the power of

erklären, fragte ich mich, und dann, mit einem neuen Anfall von Entsetzen, wie konnte es behoben werden? Es war schon ziemlich spät am Morgen, die Bediensteten waren bereits aufgestanden, meine sämtlichen Arzneimittel befanden sich im Arbeitszimmer – es war ein weiter Weg von dort, wo ich in diesem Augenblick starr vor Entsetzen stand, bis zu meinem Arbeitszimmer: zwei Treppen hinunter, durch den hinteren Korridor, quer über den offenen Hof und durch den Hörsaal hindurch. Es wäre durchaus möglich gewesen, mein Gesicht zu bedecken, aber was nützte mir das, wenn ich nicht imstande war, die Veränderung in meinem Wuchs zu verbergen? Dann aber fiel mir mit überwältigend süßer Erleichterung wieder ein, dass die Bediensteten ja bereits an das Kommen und Gehen meines zweiten Ichs gewöhnt waren. Rasch hatte ich mich, so gut es ging, mit Kleidern meiner Größe angezogen, rasch war ich durch das Haus gegangen, wo Bradshaw mit einem erstaunten Blick zurückwich, als er zu solcher Stunde und in einem so merkwürdigen Aufzug Mr. Hyde begegnete, und zehn Minuten später war Dr. Jekyll wieder in seine eigene Gestalt zurückgekehrt und setzte sich mit umwölkter Stirn nieder, um zum Schein etwas zu frühstücken.

Mein Appetit war in der Tat nur gering. Dieser unerklärliche Vorfall, diese Umkehrung meiner bisherigen Erfahrung, schien mir wie der babylonische Finger an der Wand die Worte meines Urteils zu buchstabieren, und ich begann ernster denn je, über die Probleme und Möglichkeiten meiner Doppelexistenz nachzudenken. Jener Teil meines Ichs, dem Gestalt zu verleihen ich die Macht

projecting, had lately been much exercised and nourished; it had seemed to me of late as though the body of Edward Hyde had grown in stature, as though (when I wore that form) I were conscious of a more generous tide of blood; and I began to spy a danger that, if this were much prolonged, the balance of my nature might be permanently overthrown, the power of voluntary change be forfeited, and the character of Edward Hyde become irrevocably mine. The power of the drug had not been always equally displayed. Once, very early in my career, it had totally failed me; since then I had been obliged on more than one occasion to double, and once, with infinite risk of death, to treble the amount; and these rare uncertainties had cast hitherto the sole shadow on my contentment. Now, however, and in the light of that morning's accident, I was led to remark that whereas, in the beginning, the difficulty had been to throw off the body of Jekyll, it had of late, gradually but decidedly transferred itself to the other side. All things therefore seemed to point to this: that I was slowly losing hold of my original and better self, and becoming slowly incorporated with my second and worse.

Between these two, I now felt I had to choose. My two natures had memory in common, but all other faculties were most unequally shared between them. Jekyll (who was composite) now with the most sensitive apprehensions, now with a greedy gusto, projected and shared in the pleas-

besaß, war in letzter Zeit stark beansprucht und genährt worden, es schien mir neuerdings so, als hätte der Körper Edward Hydes an Größe gewonnen, als ob ich (wenn ich in dieser Gestalt steckte) das Blut freier durch meine Adern strömen fühlte, und ich begann, die Gefahr zu wittern, dass, wenn dies noch lange so weiterging, das Gleichgewicht meiner Natur dauerhaft zerstört, die Macht zu freiwilliger Verwandlung verwirkt und der Charakter Edward Hydes unwiderruflich der meinige werden könnte. Die Wirkung des Mittels war nicht immer gleich gewesen. Einmal, ziemlich am Anfang meines Weges, hatte es mich gänzlich im Stich gelassen. Seitdem war ich bei mehr als einer Gelegenheit gezwungen gewesen, die Menge zu verdoppeln und einmal unter größter Lebensgefahr sogar zu verdreifachen; diese seltenen Unsicherheiten waren bislang der einzige Schatten, der auf meiner Zufriedenheit lag. Jetzt aber, angesichts dieses morgendlichen Vorfalls, musste ich erkennen, dass die Schwierigkeit, die anfangs darin bestanden hatte, den Körper Jekylls abzustreifen, sich in der letzten Zeit langsam, aber sicher ins Gegenteil verkehrte. Daher schien alles darauf hinzudeuten, dass ich langsam die Herrschaft über mein ursprüngliches und besseres Ich verlor und mich allmählich in mein zweites und schlechteres verwandelte.

Ich fühlte, dass ich jetzt zwischen diesen beiden wählen musste. Meine zwei Naturen hatten die Erinnerung gemeinsam, aber alle anderen Fähigkeiten waren sehr ungleich zwischen ihnen verteilt. Jekyll (der eine Mischung aus beiden war) plante und teilte die Vergnügungen und Abenteuer Hydes bald mit nervösen Befürchtungen, bald

ures and adventures of Hyde; but Hyde was indifferent to Jekyll, or but remembered him as the mountain bandit remembers the cavern in which he conceals himself from pursuit. Jekyll had more than a father's interest; Hyde had more than a son's indifference. To cast in my lot with Jekyll, was to die to those appetites which I had long secretly indulged and had of late begun to pamper. To cast it in with Hyde, was to die to a thousand interests and aspirations, and to become, at a blow and forever, despised and friendless. The bargain might appear unequal; but there was still another consideration in the scales; for while Jekyll would suffer smartingly in the fires of abstinence, Hyde would be not even conscious of all that he had lost. Strange as my circumstances were, the terms of this debate are as old and commonplace as man; much the same inducements and alarms cast the die for any tempted and trembling sinner; and it fell out with me, as it falls with so vast a majority of my fellows, that I chose the better part and was found wanting in the strength to keep to it.

Yes, I preferred the elderly and discontented doctor, surrounded by friends and cherishing honest hopes; and bade a resolute farewell to the liberty, the comparative youth, the light step, leaping pulses and secret pleasures, that I had enjoyed in the disguise of Hyde. I made this choice perhaps with some unconscious reservation, for I neither

mit gierigem Genuss. Hyde hingegen war gleichgültig gegenüber Jekyll oder erinnerte sich an ihn höchstens wie ein Räuber in den Bergen sich an die Höhle erinnert, in der er sich vor Verfolgung verbirgt. Jekyll empfand weit mehr als väterliches Interesse, Hyde empfand weit mehr als die Gleichgültigkeit eines Sohnes. Mich auf Jekylls Seite zu schlagen hieße, jene Begierden aufzugeben, die ich lange heimlich genossen und in denen ich in letzter Zeit ausgiebig geschwelgt hatte. Mich auf Hydes Seite zu schlagen hieß, tausend Interessen und Ziele aufzugeben und mit einem Schlag und für immer verachtet und freundlos zu sein. Der Handel mochte ungleich erscheinen, doch lag noch eine weitere Überlegung in der Waagschale: Während Jekyll schmerzlich unter den brennenden Qualen der Entsagung leiden würde, wäre Hyde sich all dessen, was er verloren hatte, nicht einmal bewusst. So außergewöhnlich meine Lage war, die Ursachen dieses Konfliktes waren so alt und alltäglich wie der Mensch selbst. Es sind fast immer die gleichen Verlockungen und Ängste, die miteinander um jeden in Versuchung geratenen, zitternden Sünder würfeln, und es erging mir wie der Mehrzahl meiner Mitmenschen: Ich wählte den besseren Teil, aber mir fehlte die Kraft, daran festzuhalten.

Ja, ich zog den betagten und unzufriedenen Doktor vor, der von Freunden umgeben war und ehrenwerte Hoffnungen hegte, und sagte der Freiheit, der verhältnismäßigen Jugend, dem leichten Schritt, dem höheren Pulsschlag und den heimlichen Vergnügungen, die ich in der Maske Hydes genossen hatte, entschlossen Lebewohl. Vielleicht traf ich diese Wahl mit einem unbewussten Vor-

gave up the house in Soho, nor destroyed the clothes of Edward Hyde, which still lay ready in my cabinet. For two months, however, I was true to my determination; for two months, I led a life of such severity as I had never before attained to, and enjoyed the compensations of an approving conscience. But time began at last to obliterate the freshness of my alarm; the praises of conscience began to grow into a thing of course; I began to be tortured with throes and longings, as of Hyde struggling after freedom; and at last, in an hour of moral weakness, I once again compounded and swallowed the transforming draught.

I do not suppose that, when a drunkard reasons with himself upon his vice, he is once out of five hundred times affected by the dangers that he runs through his brutish, physical insensibility; neither had I, long as I had considered my position, made enough allowance for the complete moral insensibility and insensate readiness to evil, which were the leading characters of Edward Hyde. Yet it was by these that I was punished. My devil had been long caged, he came out roaring. I was conscious, even when I took the draught, of a more unbridled, a more furious propensity to ill. It must have been this, I suppose, that stirred in my soul that tempest of impatience with which I listened to the civilities of my unhappy victim; I declare at least, before God, no man morally sane could have been guilty of that crime upon so piti-

behalt, denn ich gab weder das Haus in Soho auf noch vernichtete ich die Kleider Edward Hydes, die noch immer in meinem Arbeitszimmer bereitlagen. Zwei Monate blieb ich meinem Entschluss dennoch treu, zwei Monate lang führte ich ein Leben von solcher Strenge, wie ich es zuvor nie erreicht hatte, und wurde durch ein beifälliges Gewissen belohnt. Doch mit der Zeit begann der frische Eindruck meines Schreckens zu verblassen, die Loblieder meines Gewissens wurden zur Selbstverständlichkeit, schmerzliches Verlangen begann mich zu quälen, als ob Hyde nach Freiheit ränge. Und endlich, in einer Stunde moralischer Schwachheit, mischte und schluckte ich erneut den Verwandlungstrunk.

Ich glaube nicht, dass ein Trinker, der über sein Laster nachdenkt, auch nur einmal von fünfhundert Malen an die Gefahren denkt, denen er durch seine unmenschliche körperliche Gefühllosigkeit ausgesetzt ist. Ebenso wenig hatte ich, solange ich über meine Lage auch nachgedacht hatte, die vollständige moralische Empfindungslosigkeit und die besinnungslose Bereitschaft zum Bösen berücksichtigt, welche die hervorstechendsten Eigenschaften Edward Hydes waren. Durch genau diese wurde ich gestraft. Mein Teufel war lange eingesperrt gewesen und sprang nun brüllend heraus. Schon als ich den Trank zu mir nahm, verspürte ich einen zügelloseren, wütenderen Drang zum Bösen. Ich glaube, das war es auch, was in meiner Seele jenen Sturm von Ungeduld entfesselte, mit der ich den höflichen Worten meines unglücklichen Opfers lauschte. Jedenfalls erkläre ich vor Gott, dass kein moralisch gesunder Mensch sich wegen eines so erbärm-

ful a provocation; and that I struck in no more reasonable spirit than that in which a sick child may break a plaything. But I had voluntarily stripped myself of all those balancing instincts, by which even the worst of us continues to walk with some degree of steadiness among temptations; and in my case, to be tempted, however slightly, was to fall.

Instantly the spirit of hell awoke in me and raged. With a transport of glee, I mauled the unresisting body, tasting delight from every blow; and it was not till weariness had begun to succeed, that I was suddenly, in the top fit of my delirium, struck through the heart by a cold thrill of terror. A mist dispersed; I saw my life to be forfeit; and fled from the scene of these excesses, at once glorying and trembling, my lust of evil gratified and stimulated, my love of life screwed to the topmost peg. I ran to the house in Soho, and (to make assurance doubly sure) destroyed my papers; thence I set out through the lamplit streets, in the same divided ecstasy of mind, gloating on my crime, light-headedly devising others in the future, and yet still hastening and still hearkening in my wake for the steps of the avenger. Hyde had a song upon his lips as he compounded the draught, and as he drank it, pledged the dead man. The pangs of transformation had not done tearing him, before Henry Jekyll, with streaming tears of gratitude and remorse, had fallen upon his knees and lifted his

lichen Anlasses dieses Verbrechens schuldig gemacht hätte und dass ich, als ich zuschlug, nicht mehr Verstand hatte als ein krankes Kind, das sein Spielzeug zerbricht. Aber ich hatte freiwillig alle jene ausgleichenden Instinkte von mir abgestreift, durch die selbst der Böseste unter uns mit einem gewissen Grad von Haltung Versuchungen durchschreitet. In meinem Fall aber bedeutete Versuchung, war sie auch noch so schwach, ihr zu erliegen.

Sofort erwachte in mir der Geist der Hölle und raste. In einem Freudentaumel zerschmetterte ich den wehrlosen Körper, bei jedem Schlag empfand ich Lust, und erst als ich müde wurde, fuhr mir plötzlich, auf dem Höhepunkt meiner Raserei, ein kalter Schreckensschauder durch das Herz. Der Nebel zerteilte sich: Ich sah, dass mein Leben verwirkt war, und floh vom Schauplatz dieser Ausschreitungen, frohlockend und zitternd zugleich; meine Lust am Bösen war befriedigt und angeregt, meine Liebe zum Leben zum Zerreißen gespannt. Ich rannte zu dem Haus in Soho und vernichtete (um doppelt sicher zu gehen) meine Papiere, dann ging ich, noch immer in dem gleichen zwiespältigen Rauschzustand, durch die beleuchteten Straßen, mich an meinem Verbrechen weidend, leichtfertig andere für die Zukunft planend; dennoch eilte ich vorwärts und lauschte hinter mich nach den Schritten des Rächers. Hyde hatte ein Lied auf den Lippen, als er den Trank mischte, und trank ihn auf das Wohl des toten Mannes. Die zerreißenden Schmerzen der Verwandlung waren kaum vorüber, da lag Henry Jekyll bereits von Tränen der Dankbarkeit und Reue überströmt auf den Knien und erhob seine gefalteten Hände zu Gott. Der Schleier

clasped hands to God. The veil of self-indulgence was rent from head to foot, I saw my life as a whole: I followed it up from the days of childhood, when I had walked with my father's hand, and through the self-denying toils of my professional life, to arrive again and again, with the same sense of unreality, at the damned horrors of the evening. I could have screamed aloud; I sought with tears and prayers to smother down the crowd of hideous images and sounds with which my memory swarmed against me; and still, between the petitions, the ugly face of my iniquity stared into my soul. As the acuteness of this remorse began to die away, it was succeeded by a sense of joy. The problem of my conduct was solved. Hyde was thenceforth impossible; whether I would or not, I was now confined to the better part of my existence; and O, how I rejoiced to think it! with what willing humility, I embraced anew the restrictions of natural life! with what sincere renunciation, I locked the door by which I had so often gone and come, and ground the key under my heel!

The next day, came the news that the murder had been overlooked, that the guilt of Hyde was patent to the world, and that the victim was a man high in public estimation. It was not only a crime, it had been a tragic folly. I think I was glad to know it; I think I was glad to have my better impulses thus buttressed and guarded by the

meiner Maßlosigkeit war von oben bis unten zerrissen, ich sah mein Leben als ein Ganzes: Ich verfolgte es von den Tagen der Kindheit an, als mein Vater mich an der Hand geführt hatte, durch die entsagungsreichen Mühen meines Berufslebens hindurch, um immer und immer wieder mit dem gleichen Gefühl der Unwirklichkeit zu den verfluchten Schrecknissen dieses Abends zu gelangen. Ich hätte laut schreien mögen, ich versuchte, die Menge grässlicher Bilder und Geräusche, mit denen meine Erinnerung mich bestürmte, in Tränen und Gebeten zu ersticken, aber zwischen meinen Gebeten starrte mir noch immer das hässliche Antlitz meiner Missetat in die Seele hinein. Als die Heftigkeit der Gewissensbisse nachzulassen begann, folgte ihnen ein Gefühl der Freude. Das Problem meiner Lebensführung war gelöst: Hyde war fortan unmöglich. Ob ich wollte oder nicht, ich war jetzt auf den besseren Teil meines Daseins beschränkt – und ach, wie froh machte mich dieser Gedanke! Mit welch bereitwilliger Demut unterwarf ich mich von Neuem den Beschränkungen des naturgegebenen Lebens! Mit welch aufrichtiger Entsagung verschloss ich die Tür, durch die ich so oft gegangen und gekommen war, und zertrat den Schlüssel unter meinem Absatz!

Am nächsten Tag kam die Nachricht, dass der Mord beobachtet worden sei, dass Hydes Schuld aller Welt offenbar war und dass das Opfer ein Mann von hohem öffentlichen Ansehen gewesen war. Es war nicht nur ein Verbrechen, es war eine tragische Torheit gewesen. Ich glaube, ich war froh, das zu wissen; ich glaube, ich war froh, dass meine besseren Triebe durch die Angst vor dem

terrors of the scaffold. Jekyll was now my city of refuge; let but Hyde peep out an instant, and the hands of all men would be raised to take and slay him.

I resolved in my future conduct to redeem the past; and I can say with honesty that my resolve was fruitful of some good. You know yourself how earnestly in the last months of last year, I laboured to relieve suffering; you know that much was done for others, and that the days passed quietly, almost happily for myself. Nor can I truly say that I wearied of this beneficent and innocent life; I think instead that I daily enjoyed it more completely; but I was still cursed with my duality of purpose; and as the first edge of my penitence wore off, the lower side of me, so long indulged, so recently chained down, began to growl for license. Not that I dreamed of resuscitating Hyde; the bare idea of that would startle me to frenzy: no, it was in my own person, that I was once more tempted to trifle with my conscience; and it was as an ordinary secret sinner, that I at last fell before the assaults of temptation.

There comes an end to all things; the most capacious measure is filled at last; and this brief condescension to my evil finally destroyed the balance of my soul. And yet I was not alarmed; the fall seemed natural, like a return to the old days

Schafott gestärkt und bewacht wurden. Jekyll war jetzt mein Zufluchtsort; sollte Hyde auch nur für einen Augenblick hervorlugen, würden sich die Hände aller Menschen erheben, ihn ergreifen und töten.

Ich beschloss, durch meine künftige Lebensführung die Vergangenheit wieder gutzumachen, und ich kann ehrlich sagen, dass mein Entschluss einige gute Früchte getragen hat. Du weißt selbst, wie ernsthaft ich mich in den letzten Monaten des vorigen Jahres abmühte, Leiden zu lindern. Du weißt, dass viel für andere getan wurde und dass meine Tage ruhig, beinahe glücklich verstrichen. Ich kann auch nicht behaupten, dass ich dieses wohltätigen und unschuldigen Lebens müde wurde, im Gegenteil, ich genoss es von Tag zu Tag mehr. Aber noch immer lastete der Fluch zweier gegensätzlicher Bestrebungen auf mir, und als die anfängliche Schärfe meiner Reue sich abgenutzt hatte, begann meine niedere Seite, die ich so lange gehegt und erst kürzlich in Ketten gelegt hatte, murrend nach Freiheit zu verlangen. Nicht, dass ich davon geträumt hätte, Hyde wieder auferstehen zu lassen; der bloße Gedanke daran hätte mich in den Wahnsinn getrieben: Nein, ich verspürte die Versuchung, in meiner eigenen Gestalt wieder mit meinem Gewissen zu spielen, und als gewöhnlicher heimlicher Sünder erlag ich schließlich dem Ansturm der Versuchung.

Alles geht einmal zu Ende, selbst das größte Maß ist schließlich voll, und dieses kurze Nachgeben gegenüber dem Bösen in mir zerstörte endgültig das Gleichgewicht meiner Seele. Dennoch war ich nicht beunruhigt, der Fall schien natürlich, wie eine Rückkehr zu den alten Tagen,

before I had made my discovery. It was a fine, clear, January day, wet under foot where the frost had melted, but cloudless overhead; and the Regent's Park was full of winter chirrupings and sweet with Spring odours. I sat in the sun on a bench; the animal within me licking the chops of memory; the spiritual side a little drowsed, promising subsequent penitence, but not yet moved to begin. After all, I reflected, I was like my neighbours; and then I smiled, comparing myself with other men, comparing my active goodwill with the lazy cruelty of their neglect. And at the very moment of that vainglorious thought, a qualm came over me, a horrid nausea and the most deadly shuddering. These passed away, and left me faint; and then as in its turn the faintness subsided, I began to be aware of a change in the temper of my thoughts, a greater boldness, a contempt of danger, a solution of the bonds of obligation. I looked down; my clothes hung formlessly on my shrunken limbs; the hand that lay on my knee was corded and hairy. I was once more Edward Hyde. A moment before I had been safe of all men's respect, wealthy, beloved—the cloth laying for me in the dining room at home; and now I was the common quarry of mankind, hunted, houseless, a known murderer, thrall to the gallows.

My reason wavered, but it did not fail me utterly. I have more than once observed that, in

bevor ich meine Entdeckung gemacht hatte. Es war ein schöner, klarer Januartag, der Boden feucht, wo es getaut hatte, aber der Himmel wolkenlos. Der Regent's Park war erfüllt von winterlichem Gezwitscher und süßen Frühlingsdüften. Ich saß auf einer Bank in der Sonne; das Animalische in mir schwelgte in Erinnerungen, meine Seele war schläfrig und versprach baldige Reue, war aber noch nicht geneigt, damit zu beginnen. Im Grunde, dachte ich, war ich wie meine Mitmenschen, und musste lächeln, als ich mich mit anderen verglich, als ich meinen tatkräftigen guten Willen mit der trägen Grausamkeit ihrer Unterlassungen verglich. Kaum hatte ich diesen selbstgefälligen Gedanken gefasst, da überfiel mich ein Schwindel, eine fürchterliche Übelkeit und ein tödliches Schaudern. Es ging vorüber und ließ mich fast ohnmächtig zurück. Und als dann auch diese Schwäche nachließ, wurde ich mir einer Veränderung in der Art meiner Gedanken bewusst, einer größeren Kühnheit, einer Verachtung jeder Gefahr, einer Befreiung aus den Fesseln der Pflicht. Ich sah an mir herab: Meine Kleider hingen unförmig um meine zusammengeschrumpften Glieder, die Hand, die auf meinem Knie lag, war dick geädert und behaart. Ich war wieder Edward Hyde. Einen Augenblick zuvor war mir die Achtung jedes Einzelnen gewiss, ich war wohlhabend, beliebt – in meinem Speisezimmer zu Hause war der Tisch für mich gedeckt. Jetzt war ich die öffentliche Zielscheibe aller Menschen, gejagt, heimatlos, ein bekannter Mörder, der dem Galgen gehörte.

Mein Verstand wankte, aber er ließ mich nicht gänzlich im Stich. Ich habe schon mehr als einmal bemerkt,

my second character, my faculties seemed sharpened to a point and my spirits more tensely elastic; thus it came about that, where Jekyll perhaps might have succumbed, Hyde rose to the importance of the moment. My drugs were in one of the presses of my cabinet; how was I to reach them? That was the problem that (crushing my temples in my hands) I set myself to solve. The laboratory door I had closed. If I sought to enter by the house, my own servants would consign me to the gallows. I saw I must employ another hand, and thought of Lanyon. How was he to be reached? how persuaded? Supposing that I escaped capture in the streets, how was I to make my way into his presence? and how should I, an unknown and displeasing visitor, prevail on the famous physician to rifle the study of his colleague, Dr. Jekyll? Then I remembered that of my original character, one part remained to me: I could write my own hand; and once I had conceived that kindling spark, the way that I must follow became lighted up from end to end.

Thereupon, I arranged my clothes as best I could, and summoning a passing hansom, drove to an hotel in Portland Street, the name of which I chanced to remember. At my appearance (which was indeed comical enough, however tragic a fate these garments covered) the driver could not conceal his mirth. I gnashed my teeth upon him with

dass in meinem zweiten Ich meine Fähigkeiten schärfer und exakter und mein Geist straffer und elastischer zu sein schienen. So kam es, dass dort, wo Jekyll vielleicht versagt hätte, Hyde sich der Situation gewachsen zeigte. Meine Arzneimittel befanden sich in einem der Glasschränke in meinem Arbeitszimmer. Wie konnte ich ihrer habhaft werden? Dies war das Problem, das ich (die Hände an die Schläfen gepresst) zu lösen versuchte. Die Laboratoriumstür hatte ich verschlossen. Wenn ich versuchte, durch mein Haus hineinzugelangen, würden meine eigenen Dienstboten mich an den Galgen liefern. Ich sah ein, dass ich fremde Hilfe brauchte, und dachte an Lanyon. Wie konnte ich ihn erreichen, wie ihn überreden? Vorausgesetzt, dass ich einer Verhaftung auf der Straße entging, wie sollte ich zu ihm gelangen? Und wie sollte ich, ein unbekannter und unangenehmer Besucher, den berühmten Arzt dazu bringen, in das Arbeitszimmer seines Kollegen Dr. Jekyll einzubrechen? Dann fiel mir ein, dass mir von meinem ursprünglichen Ich ein Teil geblieben war: Ich konnte mit meiner eigenen Handschrift schreiben. Und nachdem ich diesen Hoffnungsschimmer erspäht hatte, lag der Weg, den ich zu gehen hatte, bald von Anfang bis Ende hell erleuchtet vor mir.

Daraufhin ordnete ich meine Kleidung, so gut es ging, rief eine vorbeifahrende Droschke heran und fuhr zu einem Gasthof in der Portland Street, dessen Name mir zufällig einfiel. Bei meinem Anblick (der in der Tat komisch genug war, auch wenn diese Kleider ein tragisches Schicksal verbargen) konnte der Kutscher seine Heiterkeit nicht unterdrücken. Ich knirschte in einem Anfall

a gust of devilish fury; and the smile withered from his face—happily for him—yet more happily for myself, for in another instant I had certainly dragged him from his perch. At the inn, as I entered, I looked about me with so black a countenance as made the attendants tremble; not a look did they exchange in my presence; but obsequiously took my orders, led me to a private room, and brought me wherewithal to write. Hyde in danger of his life was a creature new to me: shaken with inordinate anger, strung to the pitch of murder, lusting to inflict pain. Yet the creature was astute; mastered his fury with a great effort of the will; composed his two important letters, one to Lanyon and one to Poole; and that he might receive actual evidence of their being posted, sent them out with directions that they should be registered.

Thenceforward, he sat all day over the fire in the private room, gnawing his nails; there he dined, sitting alone with his fears, the waiter visibly quailing before his eye; and thence, when the night was fully come, he set forth in the corner of a closed cab, and was driven to and fro about the streets of the city. He, I say—I cannot say, I. That child of Hell had nothing human; nothing lived in him but fear and hatred. And when at last, thinking the driver had begun to grow suspicious, he discharged the cab and ventured on foot, attired in his misfitting clothes, an object marked out for

teuflischer Wut mit den Zähnen, und das Lächeln erstarb auf seinem Gesicht – ein Glück für ihn, aber ein noch größeres Glück für mich, denn im nächsten Augenblick hätte ich ihn sicherlich von seinem Sitz heruntergerissen. Als ich den Gasthof betrat, blickte ich um mich mit einem so finsteren Gesicht, dass die Bediensteten zitterten. Keinen Blick wechselten sie in meiner Gegenwart miteinander, sondern nahmen unterwürfig meine Befehle entgegen, führten mich in ein Zimmer und brachten mir Schreibzeug. Hyde in Lebensgefahr war ein völlig neues Geschöpf für mich: von unbändigem Zorn geschüttelt, bis zur Mordlust angespannt, begierig, Schmerzen zu bereiten. Aber das Geschöpf war auch schlau, mit großer Willensanstrengung beherrschte es seine Wut, verfasste die beiden wichtigen Briefe, einen an Lanyon und einen an Poole, und um einen sicheren Beweis zu erhalten, dass sie auch abgeschickt wurden, befahl er, sie einschreiben zu lassen.

Von da an saß er den ganzen Tag nägelkauend in dem Zimmer am Kamin, speiste dort auch, allein mit seinen Ängsten, während der Kellner vor seinen Augen sichtlich zitterte. Und dann, als die Nacht hereingebrochen war, brach er, in der Ecke einer geschlossenen Droschke sitzend, auf und ließ sich kreuz und quer durch die Straßen der Stadt fahren. Er, sage ich – ich kann nicht sagen: ich. Dieses Kind der Hölle hatte nichts Menschliches, in ihm lebte nichts als Furcht und Hass. Und als er zuletzt, weil er glaubte, der Kutscher habe Verdacht geschöpft, die Droschke verließ und sich zu Fuß weiterwagte, in seinen schlecht sitzenden Kleidern eine auffällige Erscheinung

observation, into the midst of the nocturnal passengers, these two base passions raged within him like a tempest. He walked fast, hunted by his fears, chattering to himself, skulking through the less frequented thoroughfares, counting the minutes that still divided him from midnight. Once a woman spoke to him, offering, I think, a box of lights. He smote her in the face, and she fled.

When I came to myself at Lanyon's, the horror of my old friend perhaps affected me somewhat: I do not know; it was at least but a drop in the sea to the abhorrence with which I looked back upon these hours. A change had come over me. It was no longer the fear of the gallows, it was the horror of being Hyde that racked me. I received Lanyon's condemnation partly in a dream; it was partly in a dream that I came home to my own house and got into bed. I slept after the prostration of the day, with a stringent and profound slumber which not even the nightmares that wrung me could avail to break. I awoke in the morning shaken, weakened, but refreshed. I still hated and feared the thought of the brute that slept within me, and I had not of course forgotten the appalling dangers of the day before; but I was once more at home, in my own house and close to my drugs; and gratitude for my escape shone so strong in my soul that it almost rivalled the brightness of hope.

inmitten der nächtlichen Passanten, da tobten diese beiden niederen Leidenschaften wie ein Sturm in ihm. Er ging schnell, von seinen Ängsten gehetzt, sprach mit sich selber, schlich durch die weniger belebten Nebenstraßen und zählte die Minuten, die ihn von der Mitternachtsstunde noch trennten. Einmal sprach ihn eine Frau an und wollte ihm, glaube ich, Streichhölzer verkaufen. Er schlug ihr ins Gesicht, und sie floh.

Als ich bei Lanyon wieder zu mir kam, ging mir das Entsetzen meines alten Freundes vielleicht ein wenig zu Herzen, ich weiß es nicht, es war jedenfalls nur wie ein Tropfen im Meer verglichen mit dem Abscheu, mit dem ich auf diese Stunden zurückblickte. In mir war eine Veränderung vorgegangen. Es war nicht länger die Furcht vor dem Galgen, die mich quälte, sondern das Entsetzen darüber, Hyde zu sein. Lanyons Verdammung vernahm ich halb im Traum, halb träumend gelangte ich nach Hause und legte mich zu Bett. Nach der Anstrengung des Tages fiel ich in einen so festen und tiefen Schlaf, dass nicht einmal die Alpträume, die mich bedrückten, ihn unterbrechen konnten. Am Morgen erwachte ich erschüttert, geschwächt, aber doch erfrischt. Noch immer hasste und fürchtete ich den Gedanken an die Bestie, die in mir schlummerte, und natürlich hatte ich die entsetzlichen Gefahren des vorigen Tages nicht vergessen. Aber ich war wieder zu Hause, in meinem eigenen Heim und ganz in der Nähe meiner Arznei. Dankbarkeit über mein Entrinnen leuchtete so stark in meiner Seele, dass sie fast den Glanz der Hoffnung überstrahlte.

I was stepping leisurely across the court after breakfast, drinking the chill of the air with pleasure, when I was seized again with those indescribable sensations that heralded the change; and I had but the time to gain the shelter of my cabinet, before I was once again raging and freezing with the passions of Hyde. It took on this occasion a double dose to recall me to myself; and alas, six hours after, as I sat looking sadly in the fire, the pangs returned, and the drug had to be re-administered. In short, from that day forth it seemed only by a great effort as of gymnastics, and only under the immediate stimulation of the drug, that I was able to wear the countenance of Jekyll, At all hours of the day and night, I would be taken with the premonitory shudder; above all, if I slept, or even dozed for a moment in my chair, it was always as Hyde that I awakened. Under the strain of this continually impending doom and by the sleeplessness to which I now condemned myself, ay, even beyond what I had thought possible to man, I became, in my own person, a creature eaten up and emptied by fever, languidly weak both in body and mind, and solely occupied by one thought: the horror of my other self. But when I slept, or when the virtue of the medicine wore off, I would leap almost without transition (for the pangs of transformation grew daily less marked) into the possession of a fancy brimming with images of terror, a soul boiling with causeless

Nach dem Frühstück schlenderte ich gemächlich über den Hof und sog genüsslich die kalte Luft ein, als ich erneut von jenen unbeschreiblichen Empfindungen gepackt wurde, die die Verwandlung ankündigten, und ich hatte gerade noch Zeit, mich in den Schutz meines Arbeitszimmers zu retten, bevor mich die Leidenschaften Hydes wieder rasen und frösteln ließen. Diesmal brauchte ich die doppelte Dosis, um mich selbst zurückzuholen, aber ach!, sechs Stunden später, als ich traurig in das Kaminfeuer starrte, kehrten die Schmerzen zurück und ich musste die Arznei erneut anwenden. Kurz gesagt, von jenem Tag an schien ich nur mit Hilfe großer Anstrengung, wie bei Turnübungen, und nur unter der unmittelbaren Wirkung der Arznei imstande zu sein, Jekyll zu verkörpern. Zu allen Tages- und Nachtstunden wurde ich von diesem alarmierenden Schauder gepackt, vor allem, wenn ich schlief oder auch nur für einen Augenblick in meinem Lehnstuhl einnickte, erwachte ich jedes Mal als Hyde. Unter dem Druck dieses beständig drohenden Schicksals und durch die Schlaflosigkeit, zu der ich mich jetzt selbst weit über das hinaus, was ich für menschenmöglich gehalten hatte, verurteilte, wurde aus mir in meiner eigenen Gestalt ein von Fieber zerfressenes und ausgezehrtes Geschöpf, matt und schwach an Körper und Geist und nur von einem einzigen Gedanken beherrscht: dem Grauen vor meinem anderen Ich. Doch wenn ich schlief oder wenn die Wirkung der Arznei nachließ, gelangte ich fast ohne Übergang (denn die Schmerzen der Verwandlung wurden von Tag zu Tag geringer) in den Besitz einer Fantasie, in der es von Schreckensbildern wimmelte, einer

hatreds, and a body that seemed not strong enough to contain the raging energies of life. The powers of Hyde seemed to have grown with the sickliness of Jekyll. And certainly the hate that now divided them was equal on each side. With Jekyll, it was a thing of vital instinct. He had now seen the full deformity of that creature that shared with him some of the phenomena of consciousness, and was co-heir with him to death: and beyond these links of community, which in themselves made the most poignant part of his distress, he thought of Hyde, for all his energy of life, as of something not only hellish but inorganic. This was the shocking thing; that the slime of the pit seemed to utter cries and voices; that the amorphous dust gesticulated and sinned; that what was dead, and had no shape, should usurp the offices of life. And this again, that that insurgent horror was knit to him closer than a wife, closer than an eye; lay caged in his flesh, where he heard it mutter and felt it struggle to be born; and at every hour of weakness, and in the confidence of slumber, prevailed against him, and deposed him out of life. The hatred of Hyde for Jekyll, was of a different order. His terror of the gallows drove him continually to commit temporary suicide, and return to his subordinate station of a part instead of a person; but he loathed the necessity, he loathed the despondency into which Jekyll was now fallen, and he resented the dislike with which he was himself

Seele, in der grundloser Hass brodelte, und eines Körpers, der nicht stark genug zu sein schien, um die rasenden Lebenskräfte zu bändigen. Hydes Kräfte schienen mit Jekylls Hinfälligkeit gewachsen zu sein. Und der Hass, der die beiden trennte, war jetzt zweifellos auf beiden Seiten gleich stark. Für Jekyll war dies eine Frage des Überlebens. Er hatte jetzt die ganze Entstelltheit jenes Geschöpfes gesehen, das einige Bewusstseinsphänomene mit ihm teilte und sein Miterbe des Todes war; doch über diese gemeinsamen Bande hinaus, die als solche den schmerzlichsten Teil seines Elends ausmachten, erschien ihm Hyde, trotz all seiner Lebenskraft, nicht nur teuflisch, sondern unorganisch. Dies war das Entsetzliche: dass der Schlamm des Pfuhles Schreie und Stimmen hervorzubringen schien, dass der formlose Staub seine Glieder bewegte und sündigte, dass, was tot war und keine Gestalt besaß, sich die Äußerungen des Lebens anmaßte. Und ferner, dass jenes aufrührerische Grauen ihm fester anhaftete als eine Ehefrau, fester als ein Auge, dass es in seinem Fleisch gefangen lag, wo er es murren hörte und spürte, wie es darum rang, geboren zu werden, und in jeder Stunde der Schwachheit und im vertrauensvollen Schlummer die Oberhand gewann und ihn aus dem Leben stieß. Hydes Hass gegen Jekyll war von anderer Art. Seine Angst vor dem Galgen trieb ihn ständig dazu, vorübergehend Selbstmord zu begehen und in seine untergeordnete Stellung als Teil einer Person zurückzukehren, statt eigenständig zu sein. Aber er verabscheute diese Notwendigkeit, er verabscheute die Verzagtheit, der Jekyll jetzt verfallen war, und er war erzürnt über die Abnei-

regarded. Hence the apelike tricks that he would play me, scrawling in my own hand blasphemies on the pages of my books, burning the letters and destroying the portrait of my father; and indeed, had it not been for his fear of death, he would long ago have ruined himself in order to involve me in the ruin. But his love of life is wonderful; I go further: I, who sicken and freeze at the mere thought of him, when I recall the abjection and passion of this attachment, and when I know how he fears my power to cut him off by suicide, I find it in my heart to pity him.

It is useless, and the time awfully fails me, to prolong this description; no one has ever suffered such torments, let that suffice; and yet even to these, habit brought—no, not alleviation—but a certain callousness of soul, a certain acquiescence of despair; and my punishment might have gone on for years, but for the last calamity which has now fallen, and which has finally severed me from my own face and nature. My provision of the salt, which had never been renewed since the date of the first experiment, began to run low. I sent out for a fresh supply, and mixed the draught; the ebullition followed, and the first change of colour, not the second; I drank it and it was without efficiency. You will learn from Poole how I have had London ransacked; it was in vain; and I am now

gung, die ihm entgegenschlug. Daher die affigen Streiche, die er mir spielte, indem er in meiner Handschrift Gotteslästerungen auf die Seiten meiner Bücher kritzelte, die Briefe meines Vaters verbrannte und sein Porträt zerstörte. Und wahrhaftig, wäre seine Furcht vor dem Tod nicht gewesen, er hätte sich schon längst selbst vernichtet, um mich mit ins Verderben zu stürzen. Aber seine Liebe zum Leben ist wunderbar. Ich gehe sogar noch weiter: Ich, der ich beim bloßen Gedanken an ihn Übelkeit verspüre und erstarre, fühle in meinem Herzen Mitleid mit ihm, wenn ich an seinen erbarmungswürdigen, leidenschaftlichen Hang zum Leben denke und daran, wie sehr er meine Macht fürchtet, durch Selbstmord auch ihn auszulöschen.

Es ist nutzlos, und mir fehlt auch die Zeit dafür, diesen Bericht zu verlängern. Kein Mensch hat je solche Qualen gelitten, das mag dir genügen. Und doch, selbst diesen Qualen brachte die Gewohnheit – nein, keine Erleichterung, aber eine gewisse seelische Unempfindlichkeit, ein gewisses Abfinden mit der Verzweiflung, und meine Strafe hätte vielleicht noch Jahre gedauert ohne dieses letzte Unglück, das jetzt über mich hereingebrochen ist und das mich endgültig von meinem eigenen Gesicht und Wesen getrennt hat. Mein Vorrat an Salzen, der seit dem Zeitpunkt meines ersten Experiments nie aufgestockt worden war, begann zu schwinden. Ich ließ eine neue Lieferung kommen und mischte den Trank; das Aufschäumen und der erste Wechsel der Farbe erfolgten, aber nicht der zweite. Ich trank ihn, aber er blieb ohne Wirkung. Du wirst von Poole hören, wie ich ganz London durchsuchen ließ, aber es war

persuaded that my first supply was impure, and that it was that unknown impurity which lent efficacy to the draught.

About a week has passed, and I am now finishing this statement under the influence of the last of the old powders. This, then, is the last time, short of a miracle, that Henry Jekyll can think his own thoughts or see his own face (now how sadly altered!) in the glass. Nor must I delay too long to bring my writing to an end; for if my narrative has hitherto escaped destruction, it has been by a combination of great prudence and great good luck. Should the throes of change take me in the act of writing it, Hyde will tear it in pieces; but if some time shall have elapsed after I have laid it by, his wonderful selfishness and circumscription to the moment will probably save it once again from the action of his apelike spite. And indeed the doom that is closing on us both, has already changed and crushed him. Half an hour from now, when I shall again and forever reindue that hated personality, I know how I shall sit shuddering and weeping in my chair, or continue, with the most strained and fearstruck ecstasy of listening, to pace up and down this room (my last earthly refuge) and give ear to every sound of menace. Will Hyde die upon the scaffold? or will he find the courage to release himself at the last moment? God knows; I am careless; this is my true hour of death, and what is to follow concerns another than myself.

vergeblich, und ich bin heute überzeugt, dass die erste Lieferung unrein war, und dass es diese unbekannte Unreinheit war, die dem Trank seine Wirkung verlieh.

Etwa eine Woche ist vergangen, und ich beende jetzt diesen Bericht unter dem Einfluss des restlichen alten Pulvers. Dies ist nun also das letzte Mal – außer es geschieht ein Wunder –, dass Henry Jekyll seine eigenen Gedanken denken oder sein eigenes (jetzt so traurig verändertes!) Gesicht im Spiegel sehen kann. Ich darf auch nicht zu lange zögern, meine Aufzeichnungen zu Ende zu bringen, denn wenn mein Bericht bisher der Vernichtung entgangen ist, so geschah dies nur durch ein Zusammentreffen von größter Vorsicht und sehr viel Glück. Sollten mich die Wehen der Verwandlung überfallen, während ich dies schreibe, würde Hyde es in Stücke reißen. Wenn aber einige Zeit vergangen ist, nachdem ich es beiseitegelegt habe, wird seine erstaunliche Selbstsucht und seine ganz auf den Augenblick beschränkte Aufmerksamkeit es wahrscheinlich noch einmal vor den Auswirkungen seiner affigen Boshaftigkeit bewahren. Denn tatsächlich hat das Schicksal, das sich uns beiden unaufhaltsam nähert, ihn bereits verändert und gebrochen. In einer halben Stunde, wenn ich erneut und für immer in jene verhasste Persönlichkeit hineinschlüpfe, werde ich, das weiß ich, schaudernd und weinend in meinem Stuhl sitzen oder weiter in angespanntem, angsterfülltem Wahn lauschend in diesem Zimmer, meinem letzten irdischen Zufluchtsort, auf und ab gehen und auf jeden drohenden Laut horchen. Wird Hyde am Galgen sterben? Oder wird er den Mut finden, sich im letzten Augenblick selbst zu befreien? Das weiß

Here then, as I lay down the pen and proceed to seal up my confession, I bring the life of that unhappy Henry Jekyll to an end.

nur Gott. Mir ist es gleichgültig. Dies ist meine wahre Todesstunde, und was noch kommen wird, betrifft einen anderen als mich. Und jetzt, indem ich die Feder niederlege und alsbald mein Bekenntnis versiegle, beende ich das Leben dieses unglücklichen Henry Jekyll.